ESCOLA VIETNÃ

Caio Bov

ESCOLA VIETNÃ

1ª Edição
POD

Petrópolis
KBR
2012

Edição de texto **Noga Sklar**
Editoração: **KBR**
Capa **KBR sobre arquivo Google**

ISBN: 978-85-8180-157-5

KBR Editora Digital Ltda.
www.kbrdigital.com.br
atendimento@kbrdigital.com.br
55|24|2222.3491

B869 - Literatura Brasileira

A menos que o autor escreva (pinte, esculpa) sob a casca de uma árvore, há, sim, sempre algum elemento autobiográfico em sua obra. Mas antes que alguém faça alguma comparação, grasne alguma idiotice ou lugar-comum, vai logo dizendo, "sou apenas e tão somente um personagem, um dia saltarei desta página". **Caio Bov** é casado, mora em São Paulo, e pede para avisar aos incautos: "A profundidade em minha vida está na capacidade de ultrapassá-la."

Email: laur1374@uol.com.br

1.

Resolvi voltar para a maternidade.

Eu estava sentado no terceiro banco, junto à janela. Alguém se sentou no banco imediatamente à frente do meu. Gesticulava exageradamente e falava alto com os companheiros. Gritava algo sobre música, sobre como tocá-la. Pensavam se encontrar ainda na sala de concerto, exercendo a função que lhes fora ensinada: abafar com os gritos de seus instrumentos qualquer som minimamente agradável aos ouvidos humanos. Um deles, o mais idiota, ficou de pé — três cordas desafinadas, com os sintomas clássicos de uma doença que acomete boa parcela dessa classe de operários: IMT (Idiotice Musical Transgênica).

De qualquer forma, eram estudantes de música; e estavam tocando. Eu, pelo menos, fui tocado por toda aquela musicalidade, fui tocado do banco em que estava sentado: estavam me dando nos nervos. Na primeira oportunidade, fui para o fundo do ônibus. Era um banco longo, e dei a sorte de me sentar junto a ela.

— Esses caras são exagerados — eu disse a Michele, puxando conversa.

— Principalmente o de trás, fala muito alto. Quer chamar toda a atenção para si — ela disse. Sua voz era suave.

Eu estava saindo da empresa de TV por assinatura onde trabalhava, ia até a maternidade, a Amparo Maternal. Ela trabalhava com o tio. O tio tinha uma loja de artigos para informática e ela estava voltando de uma entrega que havia feito, uma impressora.

Venci minha timidez e continuamos conversando, ela se mostrando sempre simpática. Desci do ônibus com seu telefone anotado na agenda do celular.

2.

Nosso encontro seguinte foi no ginásio do Ibirapuera. Nenhum evento ocorrendo. Estávamos sentados em um banco, ela no meu colo. Depois de um curto período de blablablá, comecei a beijar seus seios ainda protegidos pelo sutiã e pela camiseta. Ela começou a suspirar, então enfiei minha mão por dentro; começou a ofegar. *Droga. É virgem* — pensei. Fomos a um motel. Ela estava nervosa.

— Eu quero te amar até onde for possível, até onde for, por mim, o seu amor. Até onde você permitir — eu disse.

Tive que ser didático. Pensei em inverter a ordem da frase, mas achei que ela pudesse não entender. Já antes de abrir a porta do quarto, em pé, agarrei seus cabelos, puxando-os de leve. Então puxei seu corpo contra o meu, dessa vez a segurando pelos quadris. Beijei-a com força. Depois que entramos, tranquei a porta. Ela era minha.

Tirei sua camiseta, depois o sutiã. Seus mamilos estavam túmidos e arrebitados; ora eu os beijava de leve, ora os chupava. Depois, fiz com que ela agisse. Ela estranhou. Ficou segurando. Olhava o meu pau demoradamente, virava para um lado, para o outro. E a mim também. Passou os dedos pelas minhas bolas com cuidado. Estava matando a curiosidade. Meu pau estava duro como jamais havia estado.

— É pra chupar, Michele. Ele está implorando, você não está vendo? É pra isso que ele serve.

— Pra que, para implorar? — ela disse, rindo. — É que eu nunca havia visto, assim, tão de perto.

Depois ela engoliu a cabeça. Do meu pau. Antes, já havia engolido a minha.

Deusas havia muitas, nas ruas, nas esquinas, nas TVs, nas capas de revistas, nos telejornais, nos escritórios de advocacia, no governo, nos consultórios médicos. Deusas são capazes de engolir muitas cabeças humanas, isso, porque não possuem uma. Michele não era uma deusa; era uma santa. Michele, minha santa redentora, minha doce verduga, minha Virgem Michele da Guilhotina.

Depois, fomos finalmente para a cama. Meu martírio continuava. Ela chupava com uma vontade cada vez mais insaciável, eu tinha muitos pecados a expiar. Chupava com força, queria decepá-lo de mim. Meu pau não me pertencia, era um demônio que ali havia se instalado. Michele o exorcizava. Estava loucamente excitada. Senti que era a minha vez, a puxei para o lado e a deitei; antes que ela se desse por si, eu já estava por cima. E por dentro. Somente os monges podem profanar o santuário.

Por todos os carinhos, por todo o amor, um acontecimento mágico, desses que só se sente em raros sonhos que nunca esquecemos. Michele era uma boceta virgem, apertada e quente. Muito quente.

3.

Foi um mês de trabalho duro. Emagreci cinco quilos. Ela era insaciável, tanto nos pedidos de sexo como nos de amor incondicional. Fidelidade. Em pouco tempo eu já tinha enjoado de suas constantes e impossíveis cobranças. Promessas impossíveis de serem cumpridas, mesmo para ela. Eu era um sujeito de pouca fé.

Durante o mês em que ficamos juntos, fui fiel, à minha maneira. Não foi suficiente. Michele começou a me torrar a paciência. Depois de três semanas de ligações constantes, tive que solicitar à companhia telefônica que mudasse meu número e o excluísse da lista.

Ela não sabia onde eu trabalhava. Ou melhor, sabia. Eu dizia trabalhar como entrevistador *freelance* para empresas de pesquisas de mercado, o que não era mentira: de fato, nas minhas folgas, eu fazia pequenos bicos entrevistando donas de casa, as pesquisas visando basicamente confirmar sua morte cerebral.

Doze meses depois, o telefone tocou. Eram seis da manhã; atendi prontamente. Achei que fosse uma ligação de uma agência de empregos. Estava desempregado, devia três meses de aluguel. Os trabalhos como *freelance* também não pintavam — eu havia fraudado alguns questionários, inventado alguns nomes e endereços falsos para algumas pesquisas em que os clientes só haviam respondido uma ou outra daquelas intermináveis perguntas: não eram questionários, eram inquéritos policiais.

De alguma forma, ela havia descoberto meu telefone. Assim que ouviu minha voz, cantou: "Quando me perdi / Você me apareceu / Me fazendo rir / Do que me aconteceu (...)". Tentou fazer parecer natural... tudo o que eu havia feito a ela. Desliguei. Não foi necessário deixar o telefone fora do gancho. Ela desistiu.

Michele era uma mulher; continuava ingênua.

4.

Na maioria das vezes, eu ia de ônibus para a faculdade. Era o meio de transporte mais barato. Eu tinha um carro, um veículo popular, mas mesmo assim consumia dez reais para ir da minha casa até a faculdade e voltar. Eu só o usava cerca de uma vez por semana. É lógico que preferia, era mais rápido e mais cômodo, principalmente porque os ônibus que faziam o trajeto, e também os que não faziam, saíam de seus pontos de partida já completamente entupidos. Mas o que se havia de fazer... eu tinha que bancar a faculdade, o transporte, a alimentação, e ainda tinha que ajudar em casa.

Não reclamava: era mais barato do que pagar por um quarto numa república. Eram dez minutos a pé até o ponto de ônibus. Já logo na esquina, tinha um vagabundo que sempre estava por ali, sentado na calçada. Eu não sabia seu nome, ninguém na vizinhança sabia.

O sujeito era bem corpulento. Tinha por volta dos seus quarenta, cinquenta anos e uma barriga enorme, mas, além disso, seus braços eram fortes, suas pernas eram fortes. Ficava ali, na calçada, sentado, esperando uma ajuda, que vinha, geralmente, de um incauto, uma boa alma que acreditava, com isso, resgatar alguns pecados ou quem sabe anular alguns carmas — sem essa balela de ajudar por nobreza, por filantropia. Nobreza, filantropia: nomes que por si já indicam um crime e seu criminoso; deveriam ser tipificados no código penal como crimes hediondos.

As pessoas o ajudavam esperando que ele agradecesse. Davam o dinheiro, as moedas, às vezes notas de cinco, dez reais. Olhavam para ele esperando algum reconhecimento. Ele pegava o dinheiro rapidamente e cuspia no chão, eu o vi fazendo isso diversas vezes. Rapidamente, elas se davam conta do vexame. Tentavam disfarçar caminhando depressa, como se nada houvesse acontecido.

Era um tiro único. Nunca mais nenhuma delas daria um único centavo a ele. Alguns, para mais ninguém. Ocorre que sempre havia um ou mais imbecis por dia, número sufi-ciente para mantê-lo bem alimentado. Às vezes, algumas pes-soas reclamavam do seu comportamento:

— Eu lhe dou uma ajuda e o senhor cospe no chão?

— E você quer que eu faça o quê?

— O senhor poderia agradecer.

— Agradecer? Mas você não ouviu? Não viu meu agradecimento? Vou agradecer mais uma vez. Sou um homem educado. E dava mais uma cuspida no chão. Dessa vez, vinha junto um escarro que saía das profundezas do inferno, pas-sava por sua garganta e saía pela boca, como uma forma de maldição.

Apelidei-o de "Boca Maldita" — era como eu, em pen-samento, o chamava. Mas não tinha coragem de dirigir-lhe a palavra. Para falar a verdade, eu passava ao largo.

Alguns homens se invocavam, partiam pra cima. Ele era rápido nesses casos, levantava-se em menos de um segun-do. Esse sujeito, esse mendigo, devia ter bem uns dois metros de altura, devia pesar uns cento e cinquenta quilos ou mais. Havia gordura em sua constituição. E havia músculos. *Questão de genética* — eu pensava. Comigo era diferente. Novamente uma questão de genética.

Mesmo os poucos sujeitos aparentemente dispostos a enfrentá-lo não se dispunham a perder um dia de serviço arriscando se sujar ou se arrebentar com um louco. Era o que alegavam.

— Você é louco!

— Melhor do que você, que é veado — ele respondia. E avançava.

Eu nunca soube de uma tentativa de espancamento enquanto ele dormia, ou de colocar fogo em suas vestes. Costumava passar por ele andando do outro lado da via. Depois, tratava de pegar a lata de sardinha; uma vez acomodado, me esforçava para manter a normalidade em meio àquela nuvem de moscas: "ZZZZZ ZZZZZZ!"

5.

Foi numa sexta. Resolvi ir de carro — era a minha isca para tentar uma foda com classe. Eu saía da faculdade às 13h00 e entrava no serviço às 16h00. Trabalhava como operador de telemarketing na empresa de TV por assinatura. Essa rotina ia até às 23h00.

Estava na Avenida Washington Luis, perto da Cupecê. Era uma subida. Os carros estavam parados e o congestionamento se estendia dali até o aeroporto, ou mais. Parei o carro, um Fiat Uno Mille Eletronic com dez anos de uso; eu era o segundo proprietário. A proprietária anterior era uma japonesa. Estava atrasado, tinha que estar na faculdade às sete e meia da manhã, de modo que me restavam 35 minutos. Parei, não havia o que fazer.

Todos estavam correndo atrás do próprio rabo. Fiquei preso naquele trânsito sem sentido; para piorar, meu Fiat morreu, não quis pegar de jeito nenhum. Liguei o pisca-alerta. Tentei mais algumas vezes, em vão. *Exatamente como a minha vida* — pensei. Seis meses mais tarde eu iria vendê-lo para conseguir pagar as mensalidades atrasadas da faculdade.

Depois de muitas buzinadas, de caras feias de motoristas, resolvi chamar um serviço de guincho. Não tive saída. Liguei e informei nome, telefone, endereço, CPF e identidade.

— O senhor deseja que o serviço seja imediato? — perguntou, prestativo, o atendente.

— Pra ontem. Meu carro está parado no meio da Washington Luís — eu disse.

— Só um momento.

Demorou uma hora para chegar.

— O senhor vai pagar com que cartão? — perguntou o motorista do guincho.

Informei-lhe o cartão. Fiz o pagamento. Forneci o endereço da oficina de um amigo, Carlinhos. Deixei o Fiat lá, internado. Carlinhos era gente fina: mandou que um de seus funcionários me desse uma carona até minha casa. Fiquei surpreso e envaidecido.

— Isso está incluso no preço do conserto? – perguntei, desconfiado.

Não fui para o Mackenzie, não dava mais tempo. Nesse dia, os professores ficariam livres das minhas perguntas idiotas. Só o que fosse estritamente necessário: hospitais, farmácias, necrotérios. E os necrotérios, claro, eram os que melhor funcionavam. Com os mortos, não havia o que ser feito. O sistema precisava era de zumbis, zumbis e retardados.

Um rapaz bastante concentrado me levou para casa. Sem trânsito, era um trajeto de meia hora, mas levou uma. Tentei puxar conversa, perguntei seu nome. Ele não me respondeu. Disse-lhe o meu, comentei algo sobre o tempo e depois sobre o trânsito. Ele não deu uma única palavra. No final, me despachou.

Já do lado de fora, tentei ser um sujeito gentil, quis lhe dar uma gorjeta, saquei uma nota de cinco reais da carteira e estendi para ele.

— Porra, por que todo mundo pensa que eu preciso de uma gorjeta! — esbravejou, e saiu a toda velocidade, quase cantando os pneus.

Por um momento fiquei ali parado, na calçada, a mão estendida em direção ao vazio.

— É a loucura dos tempos modernos, jovem — disse o Boca Maldita. Estava próximo, viu o que ocorreu: um indigente, testemunha da minha perplexidade. Me aproximei dele. Mudo, dei-lhe a nota de cinco reais. Ele a alcançou com a mão.

— Muito obrigado — agradeceu.

6.

Quando cheguei, o banco não estava vazio, tinha uma mulher sentada nele. Eu tinha vinte e oito anos; estava começando a sair da idade dos instintos e a entrar na dos românticos — queda no nível de testosterona. Devia ter uns vinte anos, cabelos negros escorrendo pela cabeça e indo até o meio das costas — uma cachoeira de águas escuras. Seus olhos eram azuis.

Havia outros bancos, não estavam ocupados. Resolvi sentar ao lado dela.

Quando eu estava me aproximando, vi que alguém parecia estar indo na mesma direção. Resolvi acelerar o passo. Ele se manteve constante. Cheguei meio atabalhoado; sentei-me da mesma forma. Instintos. A corrida pela fêmea. Pensei ter ganhado a primeira batalha. Ela estava de cabeça baixa, lendo alguma coisa num caderno apoiado sobre a mochila. A mochila sobre suas pernas.

O passo rápido e a forma como quase saltei sobre o banco a assustaram; tentei disfarçar, fingir tranquilidade, fazer parecer que tudo aquilo era normal. E era mesmo.

Não houve tempo pra comemorar a vitória. Seu namorado chegou um segundo depois — era o Passo Constante. Quando o viu, ela levou a mão ao peito. Depois do susto, o alívio:

— O que foi minha princesa? — disse o Passo Constante. Fingia não ter percebido nada. Fingia melhor do que eu.

— Não, nada, só estava distraída e levei um susto, Amor — se levantou e deu-lhe um longo beijo. Depois saíram abraçados, amando-se um ao outro.

Amor... Quer saber quando uma palavra lhe retalha a alma e esmaga todos os seus desejos? Quer saber, amor? Fiquei ali sentado, esperando.

7.

O menininho sentou primeiro, devia ter uns cinco anos. O velho, seu avô, se arrastava com alguma dificuldade. Chegou logo em seguida e sentou-se com dificuldade, devagar. O banco não tinha apoio de braço. O menino tentou ajudá-lo, mas ele, visivelmente contrariado, recusou-se e o empurrou de volta ao seu lugar. Com um dos braços, apoiou-se no encosto. Suas fracas forças tentavam se apoiar nele, no seu braço. Conseguiu sentar-se. Imaginei o sacrifício que seria se ainda por cima o velhinho sofresse de hemorroidas. Devia ser por isso que muitos deles não saíam mais do sofá. Depois de tanto esforço, resolvi descansar minha visão em algum outro local da praça. Olhei para frente, tinha um sujeito sentado num banco. Me encarava. *Um homorroida* — pensei.

Havia chegado cedo demais. Resolvi ler uma revista de divulgação científica que havia trazido comigo. Comecei a folheá-la, e um assunto sobre pássaros me interessou. As fotos haviam sido muito bem tiradas, era essa a desculpa.

A matéria falava dos comportamentos estranhíssimos de alguns pássaros — pássaros exóticos. Falava também da origem comum de todos eles, os dinossauros. O menino também a acompanhava.

— Tem um beija-flor que sempre vai lá em casa — ele disse.

— Sério? E como ele é? — perguntei.

— Bem pequeno, bem pequenininho, tem a cabeça azulada e as asas são verdes. É muito bonito.

— E muito rápido – eu disse.

— É, muito rápido. Uma vez passou voando por cima da minha cabeça, tirou uma fininha.

— Ele é seu amigo? — perguntei.

Por um segundo ele me olhou, admirado e surpreso.

— É, ele é meu amigo, sim. A gente se vê todos os dias.

— Ele tem nome?

Agora ele me olhava com olhos perplexos.

— Sim, beija-flor.

— Não, eu perguntei se ele tem nome. *Você* deu algum nome a ele?

— Ah, não... Ainda não.

— Você viu, a revista diz que os passarinhos descendem dos dinossauros. Aproximei a revista dele; na página havia uma representação bem realista, quase uma foto, de um Tiranossauro Rex.

— Mas que nome a gente dá para um beija-flor? — ele se questionou.

— Que tal, T-Rex? — perguntei.

Por um segundo seus olhos brilharam.

— Isso! Isso! Vou chamar ele de Rex, vai ser meu cachorro!

Levantou-se e começou a correr e pular em volta do banco. Pensei num brinquedo que alguém tivesse ligado de repente. O avô, até então, estava distraído: olhava uma senhora que estava próxima à calçada, junto a um carrinho de pipoca.

— Marcos, para de correr feito um bobo! — gritou o avô.

— É o Rex, vô! É o Rex!

8.

O banco havia ficado pequeno para nós quatro. Ela era um pouco gorda, devia pesar uns 100 quilos. Como manda a boa educação, o velho polidamente solicitou que eu me sentasse no vazio, ou seja, em banco nenhum.

Estávamos perto da estação Santana do metrô, eu esperava alguns amigos estudantes. Tínhamos marcado de nos encontrar todos ali, naquela praça. O banco ficava próximo do nosso local de encontro: o carrinho de pipoca. Estávamos na última etapa de um trabalho de Física Experimental e aquele seria, provavelmente, nosso último encontro para concluí-lo.

Estávamos construindo um telescópio caseiro, semelhante ao de Newton — clássico, duas lentes, uma objetiva e uma ocular, uma convergente e a outra divergente. Para que funcionasse, deveriam ser finamente polidas. Era nosso primeiro telescópio, e, por isso mesmo, experimental; ninguém ali havia construído um telescópio antes. Ninguém ali jamais havia construído coisa alguma antes.

Fábio, Ricardo, Luciano e Itamar chegaram cerca de meia hora depois, no Pálio do Fábio — um presente de aniversário que o pai lhe dera quando fez dezoito anos. Até os vinte e oito eu não tinha habilitação para dirigir, havia tirado minha carta há menos de seis meses. Sentei no banco de trás, ao lado do Luciano e do Itamar. Fábio e Ricardo eram amigos desde o primeiro semestre, eram como irmãos. E como irmãos, também competiam. Sentiam prazer em menosprezar seus semelhantes menos dedicados e competentes, assim como se faz nas empresas e também fora delas. O motivo era sempre o mesmo.

Apenas os dois. Uma dupla. Raciocinavam por lógica binária.

9.

Quando surgiu a necessidade de se construir um telescópio, os binários quase imediatamente descobriram um curso de construção artesanal de lentes que a escola de astrofísica do município oferecia aos interessados. Em pouco tempo, já estavam inscritos. Exigia-se também dedicação e paciência para a realização da parte prática: a fabricação da lente. Era necessário um conhecimento mínimo de matemática.

O professor Yoshida, de Física Experimental V, havia recomendado terminantemente que os grupos fossem em número de cinco alunos, dizendo que saber trabalhar em equipe era uma das dez novas competências para o novo milênio. Nunca disse quais eram as outras nove, mas penso que uma delas teria algo a ver com otimizar, ou, se possível, abrir mão do trabalho pesado e desnecessário de avaliar seus alunos cinco vezes mais. Fábio e Ricardo escolheram aqueles que, segundo eles mesmos, "eram os menos idiotas". Nunca entendi muito bem por quê.

O pai de Fábio era engenheiro civil e dono de uma construtora. A sala de ferramentas onde estávamos tinha sido montada pessoalmente por ele. Fábio comprou quase todo o material para a construção do telescópio, quase todas as peças, partes e componentes. Ricardo e Luciano compraram o restante: um tubo de cola de encanador, algumas lixas e fita isolante. Ricardo pagou com seu salário de professor particular de física e matemática.

Eu e Itamar, a princípio, ficamos responsáveis pelo levantamento da pesquisa teórica sobre a origem do telescópio, dos diferentes tipos, com seus respectivos princípios de funcionamento, em especial do nosso. Mas a dupla não aceitou quase nada do que pesquisamos. Para eles, todos os textos, fotos e desenhos, mesmos os mais detalhistas e técnicos, eram pobres em informações. Coisa de amador. O que eles iriam construir seria um telescópio profissional.

Acabamos, junto com Luciano, trabalhando como assistentes durante a construção, buscando uma fita isolante, pressionando uma peça para que a cola aderisse etc., sempre sob seus olhares desconfiados. Às vezes eu ia até a cozinha, buscar um lanche para as donzelas.

10.

Estávamos atrasados. No dia seguinte seria a entrega e a exibição dos telescópios. O professor Yoshida era rigoroso na observação das datas.

O telescópio estava pronto, mas algo havia dado errado. As lentes, quando vistas uma por uma, pareciam impecáveis, mas os anéis de Newton mostraram todo o seu poder de destruição de imagens quando o sistema de lentes — a objetiva e a ocular, mais os espelhos refletores — foi acoplado. À noite, quando se tentava enxergar as estrelas, ou até mesmo a lua, as imagens vinham distorcidas e borradas.

Não era de todo um lixo: aquele prédio não era tão perto, e os peitos daquela esposinha do terceiro andar eram bem empinados.

— Você não poliu sua lente o suficiente! — acusou Fábio.

— Passei todas as horas do curso polindo — respondeu Ricardo. — Você é que faltou em várias das aulas práticas onde deveria estar polindo a sua.

— Compensei trabalhando nelas depois da aula, dentro da oficina. Só eu e o segurança!

— Ora, você sabe que eu tinha que ir trabalhar. Se pudesse, levaria minha lente para casa, para terminar o polimento, mas você sabe muito bem que isso não era permitido.

Além do mais, deixei de dar várias aulas para poder participar desse curso.

— Ah, ficou sem dinheiro? É por isso que vinha aqui filar alguns sanduíches na minha casa?

— *Filá*?! Vá se *fudê*, seu filho de uma puta!

— Filha da puta é você — respondeu Fábio. Quis mostrar para Ricardo de forma definitiva o mau funcionamento do telescópio, que arrancou de cima do tripé enquanto avançava pra cima dele. Luciano tentou intervir. Não houve tempo, a telescopada o atingiu em cheio na cabeça.

Caiu como um bêbado. Dormiu da mesma forma.

Eu e Itamar éramos moradores da periferia, sabíamos nos comportar ao vermos uma briga entre amigos. Brigaram como dois animais selvagens. Os dois eram magros, e parecia que nunca haviam brigado em suas vidas. Havia nos olhos de ambos toda uma vida de instintos aprisionados.

Algum tempo depois, a empregada da casa, escutando o barulho, foi verificar o que estava acontecendo. Algum tempo depois, eu estava esperando minha vez de ser ouvido, eu e Itamar numa sala contígua à do delegado. Ricardo, preso em uma cela da delegacia, aguardava ser chamado. Luciano esperava sua vez na enfermaria do hospital em que fora internado. "Foram apenas vinte pontos", disse o advogado de Fábio ao delegado.

Fábio foi o primeiro a prestar depoimento. Depois foi embora. Quando o delegado me olhou, sério, e me perguntou o que eu estava fazendo ali, no momento da briga, na casa de Fábio Calmon, achei melhor falar a verdade.

— Eu estava apenas assistindo, senhor delegado.

11.

— Numa sociedade esquizofrênica, pensar é impossível. Eu não penso. Não penso nisso. Você pensa?

Renata era uma idealista. Era a única aluna do curso de direito que conversava com os pobretões dos cursos de licenciatura, sempre a mesma conversa fiada, vinha com uns lances de querer justificar o ódio que tinha aos regimes de opressão.

— Vivem nas ruas porque são uns pobres coitados, marginalizados pelo resto da sociedade — disse.

— Pra mim, Renata, eles não passam de um bando de bebuns, de vagabundos e fodidos. Sabem que não têm nenhuma chance.

— Isso aí. Perderam seus empregos, não conseguiram arranjar outro. Perderam o emprego, a família e a dignidade.

Patricinha tapada. É muita sorte ela ter nascido com esse rabo milionário — pensei.

— Renata, nenhum bom vagabundo sequer suporta ouvir a palavra "emprego". Para alguns deles perder a família foi um alívio, reduziu a pressão. Agora, perder a garantia de uma cama quente todas as noites é bem chato, mais uma desculpa para enxugarem a garrafa.

O pai de Renata morrera de overdose. A mãe, uma ex-atriz, era uma puta desmiolada cujo passatempo era se entupir de anestesias, silicone e outras toxinas em sofisticadas clínicas de cirurgia plástica. Depois dava as caras em tudo quanto era festa beneficente, tudo quanto era festa inútil da alta sociedade, desde que fosse para os ricos, é claro. Quanto mais inútil, melhor. Torcia para ser fotografada. Seu sorriso era permanente, assim como suas próteses dentárias.

Hoje, o sobrenome Figueiredo era sinônimo de respeito e dignidade.O avô tinha erguido um império comercial, era dono de várias marcas de água mineral — falsa concorrência. Também tinha uma vasta rede de motéis. Todos os políticos conhecidos tinham desconto de cem por cento. Também era importador. Seus negócios ultrapassavam fronteiras.

Eu sabia disso, já havia trabalhado para ele alguns anos atrás, era ajudante e entregava cargas — cargas especiais, água cristalina que íamos buscar nas mais puras fontes da Bolívia e do Paraguai.

A raposa velha estava morrendo. Câncer. Renata era a única neta. O avô insistia para que ela, lentamente, tomasse conta dos negócios. Morava numa cobertura duplex que ficava ao lado da universidade.

No living do apartamento, Renata plantava maconha.

— Sei não, Sandrão, esse pé aqui tá crescendo menos que o outro. Parece que está meio doentinho.

— *God is a girl* — eu disse.

— Ahn? O quê?!

— É o que está escrito aí, na sua calcinha.

A saúde da planta a preocupava. As sementes tinham sido importadas da Espanha. Era contra o tráfico de drogas, não de sementes.

Cada ser humano tem sua droga: cocaína, dinheiro, poder, prestígio, opressão, violência... idealismo, conforto, maconha ... bocetas... Eu tinha as minhas.

12.

Fazia dois anos que eu havia concluído o curso de Física, graças a uma bolsa de estudos concedida pela própria universidade. Mesmo assim, continuava tendo aulas. Agora trabalhava em dois colégios particulares, e tive aulas de como abaixar a cabeça para o aluno que paga o seu salário. Não recebi nenhuma bolsa de estudos para isso.

Comecei a me preparar assim que os primeiros jornais de concursos publicaram a notícia: o governo do Estado iria realizar um novo concurso para professores da rede pública de ensino, mil e cem vagas para professor de Física, dali a seis meses.

Eu não tinha quase mais gás nenhum. Meu interesse por Física, e por quase tudo mais, há muito se esgotara. Mesmo assim, reuni minhas últimas forças e me preparei, comecei a rever conceitos, fórmulas e exercícios — basicamente, física para o ensino médio.

Estudava em casa. Meu irmão mais novo me causava problemas.

— Porra, Marcos, você colocou o carro de um jeito que eu não consigo tirar a bosta da minha moto da garagem — eu disse.

— Vou lá ver o que dá pra fazer — disse Marcos.

Marcos era dois anos mais novo do que eu, e um vagabundo que vivia à custa da família; nas raras vezes em que trabalhava, não dava um único centavo em casa. Também era um psicopata: havia estuprado uma prima, uma miserável que viera de Pernambuco para morar conosco por uns dois anos; depois tentou estuprar uma sobrinha.

— Mas agora não dá mais, será que você não percebeu? Já perdi meu compromisso. Você só chegou agora! — gritei com ele.

— Ah, então *não preciso mais* tirar meu carro.

O pau comeu solto.

Eu não estava mais disposto a tolerar nada daquilo. Parti pra cima, e o derrubei no chão. Caímos juntos e nos debatemos por algum tempo. Acabei ficando por cima dele. Quando ia começar a socá-lo, senti algo quente nas minhas costas. Sem que eu percebesse, ele havia pegado uma pequena faca sobre a mesa. Não dei atenção. Ao mesmo tempo, minha mãe e uma sobrinha se agarraram a mim. Puxaram meu cabelo, orelhas, braços. Arranharam feio meu pescoço e rosto. Por fim, os três conseguiram me dominar.

Quando percebi o sangue nas minhas costas, meu pai estava dando uma faca maior do que a primeira para que ele me acertasse. A família o protegia. O mundo é dos bichos, eu é que estava errado.

Chamei a polícia. Ele ligou o carro e sumiu, antes que as viaturas chegassem. O carro, um Corsa 1.0 de segunda mão, não era dele, o vagabundo não seria capaz de trabalhar para tanto. Era de uma das minhas irmãs, Maria das Dores, a mesma que havia abusado sexualmente de mim quando eu tinha cinco anos. Ela tinha o carro, mas não sabia dirigir. O pior era que havia sido presente do marido. Os dois moravam no outro lado da cidade. Mesmo assim, ela emprestava o veículo para o Marcos.

Os policiais me encaminharam até o hospital mais próximo.

13.

Eu tinha três irmãs, as Três Marias: Maria das Neves, Maria das Graças e Maria das Dores. Todas eram evangélicas. Eram distantes umas das outras, menos quando o assunto se resumia a ver o circo pegar fogo.

Passei a noite no hospital. Suspeitaram de perfuração no pulmão esquerdo. Depois que os médicos estabilizaram os sinais vitais, fui colocado num dos corredores. Eu não tinha convênio, era um hospital público. Passei a noite em claro, fazia muito frio. Em certa hora da madrugada, uma moça que trabalhava como técnica de enfermagem, uma alma santa, me cobriu com um cobertor.

Nem meu pai nem minha mãe, nenhuma das minhas irmãs. Ninguém da minha família foi me visitar naquela noite. Desde então, passei a desconfiar seriamente de todos aqueles que me chamavam de filho. Ou de irmão.

Éramos seis: três homens e três mulheres. Um irmão meu, o mais velho, morava em Pernambuco. Não havia como ele ir ao hospital, não naquela noite. Na verdade, ele havia perdido o contato com a família desde os quatro anos de idade. Havia sido abandonado por meus pais quando vieram para São Paulo; o deixaram aos cuidados da avó materna e nunca mais foram buscá-lo. Meu irmão Claudemir era órfão de pais vivos e conhecidos.

Na tarde do dia seguinte, fui liberado: o ferimento não havia atingido o pulmão. Fui até aquela casa, peguei alguns documentos e algumas roupas. Minha moto estava jogada no chão. Fui embora e nunca mais botei os pés naquele inferno. Depois, fui até a delegacia e dei queixa. O escrivão não me deu atenção, o delegado sequer apareceu. Pra eles, eu era apenas mais um louco.

Minha mãe também era evangélica.

14.

Acabei indo morar de aluguel num moquifo. O bairro era bom, Jardim Marajoara, quase em frente à delegacia. O proprietário tinha esse cômodo nos fundos, onde o filho mais velho, marceneiro, tinha sua oficina. O negócio prosperou e ele teve que partir para uma oficina maior.

Era uma família de negros. O proprietário era viúvo, tinha uma filha e duas netas vivendo com ele. A filha tinha bem seus quarenta anos de idade e nunca havia saído de casa. As duas meninas eram de pais diferentes, a mais nova de um alemão.

A mulher recebia pensão de ambos os pais e tratava as filhas de modo distinto. A mais velha tinha que fazer todo o serviço sujo; quando chegava da escola tinha que lavar a louça do almoço, limpar a mesa e as cadeiras, varrer a casa. A mais nova, a mais clarinha, não fazia nada.

— Sandro, vem assistir novela com a gente! — gritava a mãe das meninas, do meio do corredor que dava acesso ao meu quarto.

— Não, muito obrigado, estou bem aqui.

Como alguém consegue perder mais de dois minutos na frente de uma televisão? Pavlov.

— Vamos, menino, a novela já vai começar.

Ela tinha esse vício: novelas. Assistia a todas. Através de revistas de fofocas, sabia de antemão o que estava por vir. Eu não tinha televisão. Ela achava uma espécie de tortura, não assistir televisão.

Resolveu mudar de tática. Talvez meu gosto fosse diferente.

— Vem, Sandro, o jornal das oito já começou! — gritava.

Novela, jornal, filmes, até um programa infantil entrou na gritaria. Não renovei o aluguel. Um mês, foi o tempo que aguentei. Fui procurar outro moquifo para morar.

15.

Seis meses depois, eu passava no concurso público do Estado de São Paulo para professor de física. Quatro mil e quinhentos inscritos. Fiquei em vigésimo primeiro lugar. O próximo passo era escolher a escola onde desejava lecionar. Optei por uma escola em Ubatuba, última cidade do litoral norte de São Paulo. Tomei posse do cargo no início do ano seguinte. Era o mais novo professor da rede pública de ensino do Estado de São Paulo. Pois é, que sorte, hein, irmão.

Todos buscam uma vida melhor. Tentei a técnica da imersão. Ubatuba parecera uma escolha lógica: praias e mais de 270 km me afastavam de São Paulo. Depois, vi que não era bem assim.

16.

Cheguei a Ubatuba no início de janeiro. O sol era muito forte. A proximidade com o mar fazia com que a taxa de umidade relativa do ar fosse às alturas. Eu saía de um banho de água fria e cinco minutos depois estava completamente empapado de suor. Na conta bancária me restavam seiscentos reais. Tive que economizar no aluguel. De acordo com a secretária do Isaurina, só receberia meu primeiro salário em março.

Eram quatro casas. O quintal era dividido. Eu morava na casa do meio; de um lado, morava um cozinheiro, do outro, um casal. O marido era pescador. Em cima moravam os senhorios, um casal de veados.

Eu tinha que atravessar o quintal para entrar em casa. Era domingo, estavam fazendo um churrasco de peixes e frutos do mar, muitas garrafas de cerveja sobre a mesa e mais algumas no chão.

— Professor, por que não vem comer um churrasco aqui com a gente? — perguntou Jairo.

Não como em restaurantes. Ele era cozinheiro num deles. Muitos restaurantes de Ubatuba não davam lucro. Toda noite era forró, sertanejo, rap, funk etc., todo esse lixo, o volume bem alto ia até de madrugada. Aquele bostinha sofria de insônia.

— Sabe, professor, eu só consigo dormir depois das duas, três da madruga, e mesmo assim, só com o rádio ligado.

Fiquei sabendo através do senhorio que ele já tinha sido preso. Assassinara um vizinho a facadas, ninguém sabia ao certo por que motivo. Havia muitas versões. Na época, era menor de idade, por isso não estava mais na cadeia.

— Pô, legal esse som, Jairo. Gosto desse som, bom gosto o seu.

— Obrigado, professor. Todo mundo aqui tem bom gosto.

Concordávamos.

Zero era casado com uma mulata gostosa, a Joana. Costumava ficar no mar por até três meses seguidos, os senhorios a olhavam enquanto isso. O navio de pesca comportava doze toneladas de sardinha e dezoito de gelo.

— E aí, Zero, seu pai também é pescador? — perguntei.

— É, mas não está trabalhando no momento.

Enquanto conversávamos, percebi que Joana não parava de me olhar. De vez em quando se levantava para ir até a churrasqueira, pegar um pedaço de peixe assado. Seu traseiro enorme passava bem perto.

— Mas por quê? Está doente?

— Não, está preso. Um vizinho quis comer o cu da minha mãe. Meu pai ficou sabendo e matou o filho da puta com uma remada na cabeça.

Duas enormes mandíbulas de tubarão ornamentavam uma das paredes da casa.

17.

— Professor, o senhor acredita em Deus? Eu tinha alguma ideia do que me aguardava? Não haveria perdão.   E. E. Isaurina Diolin. As fundações estavam em petição de miséria; as rachaduras no teto e nas colunas tinham três dedos de largura. O colégio estava infestado de pombos, ratos e baratas. Mesmo assim, os alunos se alimentavam da comida servida no intervalo. Não havia muitos empregos. Muitos alunos e alunas se prostituíam a troco de quase nada, em geral por uma pedra de crack. Levei alguns meses para aceitar o quadro da educação pública no Estado.

18.

Muitos moradores de Ubatuba sofriam de rinite ou algum outro tipo de alergia. Isso me surpreendeu. Não era só a alta umidade do ar, mas também as chuvas. Chovia demais. Ubachuva.

No início, não dei muita bola. Aí chegou o inverno: foram três meses de chuva, todos os dias, ininterruptamente. Nos dias calmos, chuviscava. Às vezes aparecia um arremedo de sol por trás das nuvens carregadas. Esse período de chuvas intensas coincidiu com o inverno, mas os moradores mais antigos afirmavam que não dependia da estação. Às vezes chovia o ano todo. Paredes, móveis, caixas de papelão, cadernos, tudo mofava. As paredes da sala, do quarto, o teto, até as pessoas ficavam mofadas.

Os dias de sol eram sempre muito bem-vindos, e não só pelos turistas. Abriam-se as portas, janelas, guarda-roupas, armários. Os moradores passavam a se cumprimentar mais amistosamente, saíam às ruas, iam até a praia tomar banho de sol. Todos aproveitavam. Até os bandidos.

19.

As pessoas assistem televisão não somente para ver um filme, o noticiário ou uma novela, mas também porque querem ouvir uma voz, ver uma pessoa, uma presença humana. Se for inconveniente, a desligamos.

— Ah, amorzinho, não gostei desse filme chato, não — disse Ana. — O vilão se deu bem no final!

— Ah, amorzinho — eu disse — o roteirista só respeitou o escritor.

Ana, a tapada:

— Como assim?

Sandro, o imbecil:

— No livro, o personagem principal é preso e torturado até que enxergue apenas aquilo que é para enxergar, e responda apenas aquilo que é para ser respondido.

— O que esse autor quer dizer com isso? O sujeito tem apenas que dar as respostas certas? Pô, pra que torturar o coitado?

— É a melhor maneira de ensinar — eu disse.

Ana corrigiu sua postura. Virou para o meu lado e cresceu sobre mim.

— AH, É?! SR. SANDRO, QUER DIZER QUE O SENHOR TORTURA SEUS ALUNOS?

— Eu não.

— Não?! Mas o senhor acabou de dizer que a tortura é a melhor forma de ensinar!

— Isso é verdade.

Minha calma a deixou perplexa. Desinflamou-se.

— Como assim? Não entendi.

Não respondi. Ela alinhou seu quadril e passou a olhar para a parede em frente. Reacendeu o cigarro. As costas voltaram a ficar paralelas ao espelho da cama. Refletia.

Continuei deitado, relaxando. Tínhamos acabado de transar.

Ela apagou o cigarro no cinzeiro e voltou a me chupar. Meu pau voltou a crescer. Então, foi para as bolas. Ana era uma profissional: engolia um ovo sem babar no outro. Mesmo assim, eu tinha que me cuidar, ela havia lido em algum lugar que os homens gostavam de estimulação anal. Entre um boquete e outro, a língua escorregava para além das bolas.

Meu cu era muito sensível. Uma vez quase lhe acertei um coice de tantas cócegas que senti. Era pior quando eu ficava por cima.

1984. Nossas maiores verdades foram muito bem marteladas. Depois de algum tempo, ninguém mais saberá o que está fazendo, tudo terá o mesmo gosto e o mesmo cheiro de merda queimada. Nélio era o vereador mais votado de Ubatuba, e também presidente da comissão de educação. Agora eu mostrava para Ana quatro dedos da mão esquerda.

— Ana, aqui tem cinco dedos, certo?

Ela parou com a gulosa e olhou para a minha mão.

— Certo.

— Certo?!

Ajeitei-me na cama.

— Certo, já cansei de ver essa sua mão esquerda, e sei que ela tem cinco dedos. O polegar está atrás, escondido dos outros. — Sabia muito bem quem eram os vencedores.

Depois de dois meses comendo Ana, e quase sendo comido, ela me desligou. Eu era muito chato. Nada de doces ou chocolates para os professores.

20.

Eram 22h30 de uma quinta-feira e eu não conseguia esconder a frustração e o cansaço. Os ponteiros do relógio não se moviam. Newton estava enganado. Einstein também. Certamente, a dimensão temporal não era uma variável independente dos fenômenos. Os ponteiros do relógio é que eram independentes: tinham vontade própria, e conspiravam contra mim.

A aula se arrastava. Reparei que um dos alunos olhava fixamente para o celular. Os veículos de hipnose, cada vez menores, acompanham a inteligência de seus usuários. Darwin era aluno do 2º B. Vinte e sete anos e há dez repetia o segundo ano do ensino médio, nada de fazer o supletivo. Era um sujeito boa pinta, mas completamente idiota. Nisso, era competente.

Pensava ser popular entre aqueles que, ele julgava, estavam no mesmo nível mental. Mas se esquecia do fator idade; não funcionava mais. Os alunos passaram a chamá-lo de tio. Ele detestava o apelido. Poderia sair na porrada com quem o chamasse assim, mas aí, já naquele momento, teria que brigar com toda a escola. Sua saída passou a ser a de se isolar cada vez mais. Os olhos passaram a se fixar na tela do aparelho celular.

— Darwin, por que você fica olhando fixamente para o celular? Você olha para o celular, o celular olha para você. Você não vai conseguir ir a nenhum lugar com isso — eu disse.

De uma forma estranha, isso mexeu com os brios dele, seus olhos se inflamaram. Estava a ponto de me atacar, mas um aluno que não havia prestado atenção na nossa conversa o chamou de tio, e Darwin desviou o foco de sua fúria. Partiu pra cima do coitado.

Não interessava a mais ninguém puxar o saco dele, que já havia os enganado por um bom tempo. Era hora de chupar seu sangue com canudinho, de lhe roubarem a alma. Darwin foi expulso.

— Demorou — comentou uma aluna, pouco tempo depois.

Tinha razão.

Outra escola lhe ofereceu uma vaga no ensino supletivo. Ele recusou.

21.

Para existir, criamos o outro. Deus criou Eva, a cobra, a maçã e o pecado para que Adão existisse. Deus já havia mordido a maçã, e descobriu que, do contrário, ele mesmo não existiria.

Karina era realmente uma professora dedicada. Dominava o universo das regras gramaticais, inglês e português. As escritas: era gaga. Os alunos não perdoavam. Era um confronto direto e não havia como escapar deles.

Quando Karina ficava de quatro, aquele cu rosado não parava de chamar minha atenção. Um dia, ele piscou:

— Mete no meu cu! Mete no meu cu! Vai, eu gosto! — ela pedia. Mete! Mete essa rola no meu buraco, vai, mete!

Enfiei no cu de Karina e de várias outras colegas de profissão. Solteiras ou casadas, eu não me importava.

— TÔ ENFIANDO, SUA PUTA. O MOSQUITO QUE VÁ PRO INFERNO! — gritei.

Karina ficou surpresa. Isso a desconcentrou, ficou procurando pelo mosquito.

Os mosquitos, os mosquitos. Oitenta por cento de mata preservada, um verdadeiro paraíso ecológico... para os mosquitos. A cidade estava infestada de mosquitos e não havia como escapar deles. Decidi que seria melhor voltar para

São Paulo; o detalhe do marido ciumento de Karina ajudou na decisão. Ela podia ser masoquista, eu nem tanto.

Mas ainda não era a hora. Para mim, tudo era uma questão de ordem. Ou de urgência. Eu tinha trinta e dois anos e aquele seria o meu primeiro cu. O Aedes teria que me aturar.

— Toma, sua puta! — enfiei até o talo.

Algum tempo depois, seu marido, o prefeito Aedes, finalmente resolveu dedetizar a cidade. Resolvi que já era o momento de mudar de casa, e fugi de Ubatuba.

22.

(Quem não se ocupa com pensamentos inúteis não joga areia na engrenagem. **Theodor Adorno)**

Quem é bom prefere o álcool. E quem é realmente bom, já nasce alcoólico. Eu não queria acordar. Estava pregado. Eram vários pregos, pelo menos uma centena deles, uma centena de motivos para não sair da cama.

A cama não era meu único refúgio. *Golden Teacher.* O nome era uma ironia, uma provocação, eu me sentia um verdadeiro "*Shitty Teacher*".

Não era o baixo salário, era o inferno escolar. A escola era o meu purgatório. A remoção para o Almirante Cuspão, no Alto do Ipiranga, não ajudou em nada. Os alunos eram demônios que os próprios pais não eram capazes de suportar, e despejavam nas escolas todos os anos.

Física, Química, Português, Literatura. Ler e escrever, pensar, era tudo um saco. Os especialistas e seus estudos diziam que "os alunos não deveriam ser obrigados". Os alunos não eram mais obrigados a pensar, a escola havia se tornado um *point*, um ponto de encontro para conversas, namoro e diversão. Os professores? Um bando de patetas que só estavam lá para atrapalhar a festa.

Mas como sempre, em todas as escolas, os professores, na maioria, eram o próprio fracasso encarnado. Poderia ser pior. Eu sabia que em algumas escolas eu estaria completamente fodido. No Curtinho Cobre, por exemplo, o japonês pinguim e a loira azeda, professores de educação física, eram os campeões em apatia e retardamento.

Sair de casa era o mais difícil. Tinha que ser no tranco. Não havia espaço para raciocínio: pensar significava desistir. Era o que acontecia com as aulas no turno da manhã. Eu faltava a muitas. Compensava trabalhando no período noturno, dando aulas em mais de uma sala ao mesmo tempo. Não era um procedimento legal, mas como a direção se negava a *subir* as aulas dos professores ausentes, era o que fazíamos.

Numa noite de quarta-feira tive que dar uma aula para os alunos do 3º D.

— Ah, professor, você de novo?

"E você, porque não morre?", tive vontade de perguntar. Comecei a escrever na lousa, e uma aluna, uma retardada sentada no fundo da sala, reclamou:

— Pô, professor, dá um tempo. Vai encher a lousa de texto. Minha mão já está cansada de tanto escrever.

"Mas de bater uma punheta para os seus clientes não está, não é?"

Todas as engrenagens. Eram muitas. Na escola, tudo estava moído e assimilado: pais e alunos, professores e professoras, diretores e diretoras, o secretário de educação e o governador. O cão e o inferno.

Alguns escritores, bebuns literários, comentam em seus livros a respeito das inúmeras armadilhas desta vida.

Veados mentirosos, alcoólatras literários fracassados. Enfrentar uma sala de aula com 40, 50 alunos e ao menos tentar formar uma única cabeça pensante, isso, dentro de um sistema educacional apodrecido e hostil ao trabalho docente, a isso, sim, dá-se o nome de Coragem.

23.

Quando eu procurava pela Física, não era exatamente por ela que eu procurava. Procurava encontrar alguma outra coisa, mas acho que, mesmo assim, ela se mostrou para mim. A garrafa estava parcialmente cheia e, embora soubesse muito pouco de química, tinha a minha pera. Podia não ser um gobelé, nem ter a graça de um erlenmeyer, mas eu já fazia as minhas misturas.

— Ô, Sandrim, ô minha paixonite aguda, cê qué queu ponha a meinha nu teu pé? — perguntou Raimunda, minha faxineira.

Misturava minha vida com alguns aditivos químicos.

— Bosta de cinto!

Existem na vida dois grandes grupos de pessoas: os que gostam do mais puro malte, e os que gostam do mais puro açúcar. Os que desejam, sonham viver no mais puro açúcar, são controlados pela pequena minoria dos que vivem no mais puro malte — estes últimos, realmente, não querendo partir para outro tipo de vida.

— Ô, amorzim, cê num qué a meinha, não? — mostrou a meia para mim.

O álcool me lembrava de que uma vida eterna no mais puro açúcar não passava de um coma alcoólico. Também me

ensinou que não existia o mais puro malte, a não ser o extraí-
do da vida de seres vivos, imbecis e controlados.

— Meia? Meia? — perguntei.

Na verdade era tudo uma questão de superfície, área
e volume; do feixe de gado a ser destilado e de quanto eles
suportariam um novo aumento de pressão. Eram regras mate-
máticas, difíceis para mim. Na medida do possível, com meus
parcos meios racionais, procurava eu mesmo me autodestilar.
Redundava em fracasso. Mas, pelo menos, por algumas horas,
achava que os outros poderiam me deixar em paz.

— A meinha roxinha, queu merma cumprei pruceusá.

Era uma ilusão, eu sabia, mas continuava insistindo.

— Meia? Pra que essa porra de meia? Que porra de
meia, o caralho. E eu vou comer você de meia, por acaso? Tira
logo a porra dessa calcinha *queu já tô pegandu fogu!*

Era a única coisa verdadeira.

Era isso, o álcool apenas me ajudava a enxergar o
quanto estava afundado no mais puro malte dessa lama. Já
meio bêbado, eu apertava a garrafa para misturar mais duas
doses de uísque à dose de coca. Eu costumava errar nas doses.

— Cê qué queu me achegue mais? — perguntou Raimunda.

— *My bottle in your butt! My bottle in your butt!*

Enquanto eu comia o cu daquela Raimunda, meus gritos alucinados, mais os dela, trataram de acordar os vizinhos.

— AI! AI! AI! AI, AI, AI! DÓI, DÓI! TIRA ESSA
PORRA DO MEU CU!

— EU VOU ENFIAR TODO O MEU *BOTTLE* BEM
NO MEIO DO *ASS* DA SUA *BUTT*, SUA *PITCH-BLACK ASS!*

Que bom. Eles preferiam filmes estrelados por jovens atrizes brasileirinhas, e só falavam inglês de refrigerante. Eu só tinha a de uísque.

— AI! AI! AI! — gritava Raimunda, entretida, cada "ai" daqueles em pausa ritmada pelo cu, que estava piscando.

Que bom. Eu só tinha uma única garrafa de uísque, tinha ganhado numa rifa. As meias, Raimunda obtinha de graça no posto de saúde, marca *Sock*, péssima qualidade.

— Ai, ai, ai! Enfia mais fundo!

Continuei socando.

24.

As rotinas no colégio eram sempre as mesmas. Nas quintas-feiras, tínhamos reuniões de HTPC: Horário de Trabalho Pedagógico Coletivo. Alguns professores comentavam que se tratava de horário de trabalho *perdido* coletivo. Numa dessas reuniões, a professora de português tossia. Ao lado dela, estávamos eu e o professor de geografia. Não havia água por perto, fui buscar um copo para ela.

— A que se deve a tosse, dona Marta? — perguntei.

— Tenho alergia.

— Os alérgenos mais próximos são o professor Leonardo e eu. A quem a senhora tem mais alergia?

— Quando você chegou aqui, eu e ele já estávamos sentados.

Fiquei feliz com a resposta. Dona Marta era uma senhora já idosa, estava prestes a se aposentar. Tinha sofrido um derrame, e o lado direito do seu rosto, principalmente a boca, eram deformados. Além disso, eu sabia que as mulheres naturalmente sentem mais simpatia pelos homossexuais. Fui me sentar próximo da porta. De um lado, estava sentado um grupo de professores. Do outro, eu estava sozinho.

— Sandro, não é por querer te isolar não, mas vou deixar a porta aberta. Estou com muito calor.

— É um distanciamento natural, Pablo. Você gosta de frescura, eu não — respondi.

Na mesa de reuniões, algo se inflamava. Eram sempre as mesmas discussões: alunos indisciplinados, verbas escolares que nunca vinham, falta de material de limpeza, de material escolar; falta de sentido em tudo aquilo.

— Só Deus sabe o quanto eu tenho me dedicado a esta escola — reclamou dona Sueli, ao mesmo tempo em que apontava os dedos para si própria.

Dona Sueli era a diretora do colégio. Diante de tão forte argumento, nós professores nos calamos. A reunião estava encerrada.

25.

Na sala dos professores, minhas opiniões e tentativas de diálogo costumavam ser ignoradas, um isolamento involuntário, que não ocorria somente na escola.

— Você cursou física em que faculdade? — perguntou Lílian.

Lílian era professora de história. Além de dar aulas no estado, também era diretora em uma escola municipal.

— No Mackenzie — respondi.

— Ah, é uma universidade bem barata.

— É verdade professora, é uma universidade bem *baratinha*. Alguns cursos são realmente bem baratos, e de boa qualidade.

Enquanto eu falava, ela diminuía. Lílian era muito baixinha, menos de um metro e meio, mesmo com os saltos altos que sempre usava. Além disso, o formato de sua cabeça e pescoço (inexistente) dava realmente a impressão de tratar-se de uma barata. Os alunos a haviam apelidado de *baratinha*. Continuei:

— Mas lá não permitem baratinhas andando pelo campus, é uma universidade bem limpinha, bem dedetizada, aliás, quando vejo uma baratinha, a esmago, não tenho dó, não. Afinal, é apenas um inseto, não é mesmo? E também não sinto nojo, olha só a grossura do solado do meu tênis!

Nessa altura, ela se escondeu debaixo de uma cadeira, mas ainda dava para ver as antenas. Não convinha responder a todas as provocações. A todas. Contra o cinismo gratuito, um bom inseticida.

26.

Acordei com o celular tocando. Eram oito e meia da manhã; só uma pessoa tinha autorização para fazer isso.

— Oi, amor.

Eu acordava de péssimo humor. A coisa não costumava melhorar muito nas horas seguintes. De manhã, era um sujeito intragável, e Emília sabia disso, raramente me ligava antes do meio-dia. Resolvi fingir estar contente por ela ter ligado tão cedo. Havia outros interesses em jogo.

— Sandro aqui é Tadeu! Você está me ouvindo?

— Hã, hã. Quem?

— Tadeu, da Vietnã.

— Hã? Quê? Vietnã?

— Da Escola Estadual Vietnã, você trabalha aqui, lembra?

— Tadeu? Ah. É você, Tadeu?

— Iiiisso, ele mesmo.

— Ah, certo, oi *amor*.

Tadeu era o vice-diretor da nova escola. Era final de bimestre, e eu ainda não havia digitado a nota dos alunos. Tinha sido uma boa escolha sair do Almirante Cuspão e me remover para a Vietnã, na vila Joaniza, periferia de São Paulo. É sempre uma farsa, dar o grito de independência sem antes passar por uma guerra: "Senta a pua!"

27.

Eu estava em frente a esse novo espelho, me barbeando. Era um espelho um pouco maior do que o anterior. Uma aluna interrompeu meu barbear:

— Professor Sandro, eu te amo!

Talvez ela tivesse confundido o local onde fica o laboratório de física, acabando por parar na cama do meu quarto.

— Deus do céu, o que é isso?!

— Eu te amo, professor, eu te amo! — E pulou em cima de mim, me agarrando pelo pescoço. Suas pernas me agarravam pelas costas, o que eu achei bom. Deu-se conta da pouca liberdade de movimento e tentou derrubar-me na cama.

— Diabos, como é que você entrou aqui? Eu sou seu professor, sua louca!

Enquanto isso, a louca me arranhava as costas. Depois tentou arrancar minhas roupas. Eu tentava me desvencilhar, podia sentir as unhas sendo cravadas. Ela se empolgou por ter conseguido entrar tão facilmente na minha casa; resolveu aproveitar a festa e enlouquecer de vez.

Eu podia imaginar a manchete:

PROFESSOR PEDÓFILO É PRESO, EM FLAGRANTE DELITO, ESTUPRANDO ALUNA NA CAMA DE SUA PRÓPRIA CASA!

A notícia me deixou em choque. Resolvi usar minha melhor psicologia.

— Deus Pai Todo-poderoso, tenha misericórdia da minha alma... — Eu rezava e chorava ao mesmo tempo.

Deu certo. Ela ficou confusa.

— Caaalma, professooor! Nossa, credo! Não pensei que o senhor iria chorar tão *infantilmente*.

"Nova Metodologia e Prática do Ensino". "Nova Psicologia da Educação". Eu era mais um, tão covarde, mas tão covarde, que somente por isso consegui me safar dessa. No dia seguinte, assim que entrei na sala de aula, ela resolveu se vingar.

— Faaaala, professor cagão!

28.

A ideia de que eu seria um espelho de conduta e ética para qualquer um deles não me agradava. Espelhos são sensíveis, algumas doses, mais algumas palavras atravessadas por um salto alto, costumam ser suficientes.

— Amor, você não vai acreditar! — disse Emília.

— Se eu vou ter que acreditar, é melhor nem começar a contar — eu disse. — Se eu tenho que aceitar como testemunho de fé, melhor nem perder seu tempo. Além disso...

— Amor, a minha irmã conseguiu um pintor que cobra sessenta reais por dia de serviço.

— Pintor? Vão pintar a casa? Emília, vocês vão pagar um pintor? Mas isso não precisa, eu faço pra vocês. É a coisa mais tranquila que existe.

— Eu sei, já pintei a minha casa. Mas é que é difícil pintar as partes altas.

— Ah, sim, deve mesmo ser difícil pra você, pintar as paredes a partir de um metro e meio acima do chão, mas eu sou um gênio...

— Lá vem.

— Você não sabia? Meu novo invento chama-se escada. Serve para alcançar lugares altos e...

— É a minha irmã quem vai pagar.

— Você tem ideia de quanto ela vai gastar?

— Não.

— Você tem ideia de quantos dias vai levar para pintar a casa toda?

— Uns cinco dias.

— Cinco vezes seis... Trezentos reais. É o que vocês irão gastar, entre trezentos e trezentos e sessenta. Mas é uma casa tão pequena... Ah, claro, o pintor levará quatro dias para retirar todas as coisas que você, sua mãe e sua irmã guardam, na garagem, nos corredores, na sala, na cozinha, nos quartos. Vai dar trabalho, vai precisar de um ajudante. Vai levar uns quatro dias... no quinto ele pinta a casa.

— Amor, você está na sua cama?

— Sim, e você?

— Também, o hotel me chamou para estar lá às seis horas — disse.

— Que ótimo, já tem um atendimento garantido. Você está assistindo o jogo da seleção?

— Não, e você?

— Também não, o circo ficou na infância. Na hora de ir para o hotel não vai ter trânsito, mas cuidado com os bêbados nos carros e nas ruas...

— Vou tomar cuidado.

— Eu quero que a terceira na vila vença, a minha japonesa. Que vença por dois, três, quatro gols, só dela. *Dai ichi no Kokoro.*

— Espero que sim, meu amor — disse Mitsue Nakamura.

29.

No dia seguinte eu tinha uma consulta com o psiquiatra, uma tentativa de conseguir uma licença da escola. A consulta era às nove. Emília saiu cedo de sua casa no Taboão da Serra, bem cedo. Chegou às oito e estava de péssimo humor. Senti que teria problemas. Eu também estava de mau humor. No caminho, ela fez uma manobra que resultou em reclamação de outra motorista.

— Não está vendo que não tem como passar, sua idiota?

Sua educação não lhe permitia que ela chamasse a outra motorista carinhosamente, por uma alcunha singela como filha de uma puta, por exemplo. Isso também mexeu comigo. Acabamos por discutir. O resto da viagem decorreu em silêncio e com rancor.

30.

Um olho no gato outro na frigideira. O psiquiatra. Talvez fosse um olho no revólver, outro no paciente. Ou falso, que um paciente louco lhe houvesse arrancado a órbita direita, num acesso de fúria. *Eu poderia fazer o mesmo com o outro —* pensei.

Seu nome era Pedro Alvarenga. Demorou um tempão para me atender. Mantive-me calado.

— Em que posso lhe ajudar, Sr. Sandro? — perguntou.

— Bom doutor, é a escola. Cometi um erro.

— E que erro foi esse?

— Me transferi do Almirante Cuspão, um colégio que fica no Alto do Ipiranga, para o Vietnã.

— Qual o problema, a guerra ainda não acabou?

— Ainda não, fui atingido pelo inimigo.

— Ahn, sei.

— Os alunos; e a escola. É a casa do demônio, doutor, os alunos são filhos dele.

— E no que, especificamente, isso tem contribuído para que o senhor esteja aqui?

Puxa-saco pestilento.

— Eu era um sujeito mais tranquilo. Ultimamente, tenho perdido a calma por qualquer motivo. Agora há pouco discuti com a minha noiva apenas por que ela tomou uma buzinada no trânsito. Tenho medo de perdê-la por conta disso. Além do mais, não tenho dormido bem à noite, tenho insônia. Apenas neste bimestre tive que separar três brigas dentro da sala, acho que isso tem afetado os meus nervos. Logo depois da última, depois de separar as alunas, tive uma crise de labirintite. Vim parar aqui no hospital, só que no pronto-socorro. As piranhazinhas do 1º A realmente tinham trocado insultos e se pegado. As sapinhas. Mas resolvi meu problema com aquela turma da melhor forma: simplesmente a abandonei. Vi o tamanho da encrenca. Eram aulas complementares, eu poderia abandoná-las quando quisesse. Em geral, eu me dava melhor com os estudantes do período noturno. Tentar ensinar era comprar uma briga insana, e não sou tão louco assim.

— Sr. Sandro, o senhor se acha um professor autoritário? — perguntou o doutor.

— Não. Tenho apenas três anos no ensino público. Entrei com a cabeça arejada o suficiente para saber que não é mais possível se controlar uma classe agindo como um general do exército. Não se trata de um problema de autoridade. Trata-se de um problema de violência generalizada, e de indisciplina. Com ou sem autoridade.

— Sr. Sandro, se o senhor fosse um animal, que animal o senhor seria?

— Como, doutor?

— Se o senhor fosse um animal, que animal o senhor seria?

— Ah, merda.

— Que foi que o senhor disse, Sr. Sandro?

— Um pássaro, doutor, HOMEEEM PÁAASSA-ROOOO! — gritei, e saí pulando, batendo as asas, quero dizer, braços.

Depois vieram outras perguntas igualmente imbecis. Tentei não estragar tudo e fui procurando respostas adequadas, respostas padrão. Tentava garantir a minha licença.

O doutorzinho chegou a perguntar se eu votaria no Lula numa futura eleição, ou em algum candidato dele. Depois, tentou me dar um sermão, uma aula de como enfrentar a realidade escolar.

Na verdade, com a posse do novo governador, eles não poderiam mais dar atestados médicos para professores; deveriam encaminhá-los ao departamento de perícias do governo estadual. Mas e se eles eram médicos *do próprio hospital* do servidor público estadual?!

— O senhor tem consciência de que aquilo que está fazendo é empurrar a sujeira para debaixo do tapete? De que o senhor não está enfrentando o problema? É o pássaro fugindo, voando para longe — ele disse.

— Eu respondi pássaro, o senhor conhece algum animal que não saiba fugir?

— Não se trata de fugir, mas de enfrentar o problema que o senhor tem em mãos.

— E não estou fazendo isso?

— Fugindo? Nós estamos aqui para tratar de pessoas com problemas psiquiátricos, *problemas mentais*. O seu problema é outro. O senhor tem consciência disso?

Duas perguntas numa mesma resposta. De pergunta em pergunta, a humanidade certamente chegará algum dia à Pergunta Final, algo do tipo: "Qual era mesmo a pergunta?"

— Ah, entendi, o senhor só atende louco de carteirinha. Além do mais, faço parte, sim, do problema. Mas ele não é meu, não fui eu quem o criou.

— Mas o senhor está diretamente envolvido com ele!

— Esse é o problema: as condições impossíveis de ensino. Foi o senhor quem o criou?

— Não — ele respondeu.

— Nem eu. É por isso que estou aqui.

— Ocorre que o senhor é professor e, neste momento, daquela escola onde está o *seu* problema.

Permaneci calado. Ele ainda ficou por alguns segundos esperando uma resposta. Como não respondi, sentiu-se vitorioso e resolver preencher alguns papéis.

— Vou encaminhá-lo para o departamento de perícias do Estado e, além disso, pedir que você tome esta medicação — preencheu uma receita. — Vai lhe ajudar na situação em que você se encontra.

Peguei os papéis. Antes de sair, não pude resistir:

— Eu quis fazer o mesmo que o senhor, doutor: transferir o problema para outro profissional.

Na receita, constava: 20mg de Cloridrato de Paroxetina, um comprimido antes de dormir. Não era Fluoxetina, mas, tudo bem. Eu estava me transformando num viciado e hipocondríaco. Sabia disso.

31.

Era final do segundo bimestre. O recesso das férias de julho estava próximo. Eu tinha chegado mais cedo, haveria reunião de HTPC. Já havia faltado a muitas, era melhor administrar as faltas: eu estava no último ano de estágio probatório.

No meio escolar, existem alguns estereótipos: professores de Educação Física são retardados, os de Geografia são porra-louca, os de História são loucos e os de Português, gays. Clairton era licenciado nas duas últimas. Começou a conversar com outro professor, Carlos, de Matemática — um inútil.

— Veja, professor, entra pra nossa seita. Você será nosso vigésimo quarto membro, mas terá que passar por vinte e quatro iniciações! — disse Clairton.

— Ah, não, é iniciação demais. Acho que não vou aguentar tanta iniciação.

— Guenta! Guenta! Veja só o meu caso, não só aguentei como já estou no ducentésimo vigésimo quarto grau. Virei grão-mestre. Tem que gostar da coisa! Tem que ter o dom!

— O "dom" eu tenho, mas é que não gosto da coisa.

Clairton me viu na sala.

— Têm aqueles que se iniciam com Santo-Daime, com maconha. Acham que vão enxergar as coisas melhor do que nós.

A conversa ficou interessante.

— E também tem aqueles que bebem, tem aqueles que fumam, tem os drogados. E tem *as bichas loucas* — eu disse. Clairton acreditava em seitas. Havia uma especial, muito importante: os banqueiros, megaempresários, reis, xeiques, militares e políticos eram membros dela — somente o alto escalão. Designavam-se, senão me engano, os *Idioti*. Entre outras coisas, Clairton acreditava que Michael Jackson era um deles, e a prova estaria no YouTube. Michael Jackson teria revelado, numa conferência, a existência da seita. Ademais, havia revelado o plano dos demais membros de, entre outras importantíssimas decisões, diminuir a população mundial para cerca de quinhentos milhões de habitantes.

— Michael Jackson foi *assassinado* — alardeava.

— Não diga! — eu me impressionava.

— É verdade, Sandro. A grande imprensa, os grandes empresários das telecomunicações, são todos membros dessa seita. São todos *Idioti*. Eles não querem que saibamos a verdade.

Eu concordava.

Clairton era professor do EF-II, o que significava dar aulas para as turmas das 5ªs às 8ªs séries. Qualquer um enlouqueceria.

A Física e suas novas fronteiras já não me interessavam, a não ser como uma nova forma de misticismo, ainda mais hermético e fechado do que qualquer outro que eu já tivesse conhecido. As órbitas, por fim, voltaram-se para dentro da velha escuridão, do novo Universo — novas leis de causa e efeito. Michael Jackson assassinado? Por qual das seitas? Seria mesmo pelos *Idioti*? De qualquer forma, toda vez que Clairton tocava nesse tipo de assunto, me sentia fazendo parte dela. Ele jamais me estendeu o convite.

32.

Encerradas a reunião e as três primeiras aulas da noite, lá estava eu novamente na sala dos professores. Eu era teimoso. As professoras, que se julgavam discriminadas, haviam começado mais uma vez com a litania.

— Eu sei por que a direção age assim comigo. É só porque eu sou neguinha — disse Pati.

Patiane era professora de Biologia. Havia rompido o noivado recentemente.

— Essa diretora pensa que eu não sei. Eu vi o jeito como ela tratou o Cássio do 2° G, uma puta discriminação! — disse Liz.

Liz era professora de Português, casada com o professor de Química, Cristian. Cristian acumulava dois cargos. Ambos eram bem gordos, quase ao ponto da morbidez, ambos professores da rede pública. Tinham uma filha. A menina seguia pelo mesmo caminho. Tinha três anos. O que ela poderia fazer?

Pati era muita bonita, tinha cabelos castanhos lisos que escorriam pelas costas, nariz afilado, olhos cor de mel. Era magrinha, difícil acreditar que tinha trinta anos. Suas conversas, sempre com Liz, quando não eram sobre a vida íntima dos alunos e alunas, eram sobre a dos demais professores — insídias e perfídias. Mantínhamos distância. No mais, o papo era sempre estereotipado, rancoroso. Suas risadas soavam forçadas.

A porta da sala dos professores não tinha fechadura. Os alunos viviam olhando, queriam ver o que havia lá dentro. Um deles abriu a porta. Era o Mateus, do segundo ano, e costumava cabular as aulas.

— Ah, professoras, eu vi vocês duas ontem no shopping, andando juntas. Cabulando aula, hein?

Silêncio.

Mateus era um macaco velho de guerra. Já havia repetido dois anos, sabia se defender.

33.

Funcionou da primeira vez, eu é que não percebi. Na verdade, achei que o efeito alucinógeno da *Salvia Divinorum* fosse desprezível, quase imperceptível, mas é porque sou um grosseirão. Racional demais.

Ainda assim, alguns dias depois, tentei uma segunda vez. Havia ainda cerca da metade do frasco e eu não queria perder o dinheiro. Dessa vez, usei todo o restante da tintura. Mergulhei o conta-gotas no frasco e fiz com que ele chupasse o máximo possível. Não pinguei, despejei todo o conteúdo debaixo da língua. Queimou muito por causa do álcool de cereais. Minha boca achou que fosse um incêndio, se encheu de saliva. Mergulhei o conta-gotas novamente.

Repeti essa operação outras três vezes. Deu certo. Fecham-se os olhos, e então...

São dois mundos distintos. E você pode trafegar de um para o outro quando quiser. Resolvi fugir do mundo real — afinal, era para isso que eu estava tomando —, explorar meu universo interno, a pulsação, os ritmos. E a ascensão. Sem medo. Achei que meu espírito havia ascendido até "os céus". Pensei em Deus.

Estava no meio de uma oração quando o celular tocou. *Diabos! Até no céu!* — pensei. Senhor, Todo-poderoso, me perdoe, mais preciso atender o celular — céu, deuses, viagens; descobri como surgiram todas as religiões.

Era a Emília:

— Amor, vi que você excluiu todos os nomes daquelas *mulherzinhas* do MSN. Mas aquela Clara não se toca mesmo, não é? Continua insistindo.

— Pode ser, Emília. Vou excluí-la da relação de contatos.

— É isso mesmo, amor, exclua. Ela não sai do seu pé. Não quero *nenhuma* mulher no seu pé.

Tive vontade de responder: "Somente você, não é mesmo?" Fiquei calado.

— Aquela "tenda" que nós vimos ontem no parque Villa-Lobos, aquele circo, realmente é o *Cirque du Soleil.*

— Perfeito — respondi. Estava sob o efeito da *Salvia,* e tudo o que ela dizia, todos os sons que chegavam aos meus ouvidos, todas as imagens que me vinham à mente, tudo era PER-FEI-TO. Ou assim tudo começou, em questão de segundos, a parecer.

Emília voltou a falar da Clara, Clara Takeno, uma nutricionista que conheci depois de uma violenta discussão que tivemos.

— Emília, meu amor.

— Sim?

— Você é o meu *ursinho branco*!

— Como?

— Você é o meu ursinho branco. Meu ursinho de pelúcia, carinhosa e insegura.

Eu devia ter dito que ela era a minha *ursinha* de pelúcia, mas nas lojas não se vendem *ursinhas...* era a *Salvia* fazendo seu estrago.

— Aaaaah, tá. Depois te ligo — e desligou.

Ela já sabia das minhas viagens.

34.

A música do dia-a-dia é pesada para a maioria das pessoas.

Eu tinha esse aluno que gostava de rock, Marco Antônio. Tocava guitarra e era líder de uma banda, sabia ler partituras. Maconheiro de carteirinha. Um sujeito decente. Namorava Quitéria, uma nordestina de Sergipe. Queria ser atriz.

Também tinha essa outra aluna, Kátia. Dezoito anos. Muito aplicada nos estudos. Gostava de música clássica. Ficou um ano afastada da escola para fazer um curso de canto lírico na Itália. Era casada com Cláudio, militar. Soldado do exército, vinte e dois anos.

Marco Antônio fazia shows com sua banda. Kátia trabalhava com o pai na loja de confecções. Nos fins de semana, tinha aulas particulares num conservatório particular. O professor era um italiano, também regente da sinfônica municipal. Terceiro ano, período noturno. Estudavam na mesma sala. Cláudio o fazia pela segunda vez.

Estávamos discutindo as ondas acústicas.

— Odeio rock, professor — disse Kátia.

— Música clássica é um pé no saco — retrucou Marco Antônio.

Quitéria dizia gostar de rock. Cláudio dizia também gostar de música clássica. Uma noite, saindo da escola, já próximo da Avenida Dom Pedro, foi abordado por dois assaltantes. Não reagiu. Teve a carteira roubada e foi assassinado.

Há os que gostam de história, há os que gostam de música, os que gostam de história da música, e há os que gostam da música por trás da história.

35.

Alguns dos meus melhores alunos eram negros — isso não depende da escola ou do bairro e, claro, independe da cor.

Costumávamos discutir o provável fim da espécie humana: uma das possibilidades seria o resultado do avanço nas pesquisas genéticas; outro tema recorrente era o perigo de termos nossa vida devassada toda vez que conectávamos nosso computador à internet.

Às vezes a conversa descambava para assuntos ainda mais supérfluos.

— Professor, qual é o sentido da vida?

Ah, droga!

— Primeiro, é de baixo para cima — eu respondia — depois, de cima para baixo.

36.

Catolicismo, protestantismo, budismo, espiritismo, islamismo, ateísmo. Com ou sem Deus, a vida é um inferno para a maioria dos seres humanos. Mesmo assim, quase todos querem continuar existindo. São covardes. Tudo é apenas um pretexto, inventado por nosso egoísmo ancestral. Preguiça e egoísmo são as duas forças motoras da experiência humana. Todo o resto, toda essa papagaiada filosófico-religiosa não passa de chorumela — decorrente da velhice, da aproximação da morte. A vida não tem qualquer sentido, a não ser o que damos a ela. Há opções demais nas prateleiras do supermercado.

Alguns dos meus alunos eram gays, e sabiam que, embora eu não fosse, gostava de literatura. Sobre a literatura moderna, por exemplo, eu dizia a eles que todo escritor é uma paródia de si mesmo, e que, à exceção de Joyce e de alguns poucos outros, toda a literatura moderna era recheada de muita paródia e quase nenhuma reflexão.

Samuel era gay. Além de gay, era negro. Também era evangélico, mas gostava do universo das artes, era grafiteiro. Eu dizia a ele que, assim como o grafite, a literatura também tinha o seu valor.

— Mas aí, professor, se for como o grafite, o cara vai ser meio marginal, vai ter que tirar do próprio bolso se quiser criar. Não terá muita exposição — ele respondia. — É legal que o artista seja descoberto.

— Estamos em pleno regime capitalista, Samuel; todo ato de *descoberta* não passa de uma puta mentira.

— Mas aí o cara não vai aparecer para seu público, professor.

— Os verdadeiros artistas cagaram e andaram para o que quer que fosse o público, Samuel. O su...

Ele me interrompeu.

— Mas aí, é legal que pelo menos o cara seja bancado por algum selo musical.

Esqueci de dizer, ele também queria ser cantor. Antes, queria ficar rico.

Era a última aula do dia. Logo depois, o sinal de saída tocou. Eu ia dizer a ele que o sucesso é como o hálito de uma pessoa que sempre escova os dentes: desagradável.

Se o artista tiver sorte, estará nas escaldantes areias de um deserto e o sucesso virá como um vento quente, que soprará um pouco mais forte — a etapa final de uma longa jornada, que começa sempre a partir de dúvidas, cortes, muito mais profundos do que "vou fazer sucesso ou não".

37.

Os mesmos rostinhos. As mesmas literaturas engarrafadas. Havia o grupo dos *poplets* — tudo o que estava na moda. Arte comercial, mnemônica e infantil. Opunham-se aos *joelhos*.

Os *joelhos* eram do *underground* — bebidas, mulheres e drogas. E escatologia, para os excrementos. A maioria deles sequer sabia quem era Joyce.

— É uma escritora, professor?

As mesmas carinhas de bunda, os mesmos rostinhos de fralda. Pra disfarçar a ausência de vida, procuravam se sujar um pouco. Eram um pouco mais crescidinhos que os poplets, mas ainda estavam longe do mundo dos adultos. Gostavam de rock, jazz, blues e de bosta nova. Eram descolados: assim como os poplets, sofriam de descolamento cerebral. Todos com selvagens opiniões — de antas — em seus perfis selvagens em dezenas de sites de relacionamento — bebuns de fim de semana em barzinhos *underground* da Augusta ou da Vila Madalena.

Poplets ou joelhos, tanto faz — muitos moravam com os pais, ou ainda pior, com os avós. Quando moravam sozinhos... "mamãe é quem paga as contas."

38.

O que diferencia um homem de um idiota é que um *Homem* não tem medo de viver todos os sentimentos desta vida — aprende com eles e não tem a pretensão de querer ensinar nada a ninguém, sabe que só a própria vida é capaz disso.

O nome da donzela era Alan, uma bicha enrustida. Sentava-se no fundo da sala e gostava de rap e pancadão. Eu estava sentado na minha cadeira, dava visto em alguns cadernos. Colocou-se de pé, atrás de mim, entre a cadeira e a parede. Não gosto de ficar atrás de homem nenhum. Muito menos na frente.

Levantei-me.

— Dá para você sair das minhas costas? — perguntei, enquanto dava um tapinha no ombro dele.

— Não encosta em mim! Não encosta em mim! — disse o *Bambi*, estou desconfiado de que o senhor seja gay, mesmo!

A sala parou pra prestar atenção. Parei de vistar os cadernos e tentei começar a aula.

— E daí, o que te importa saber se eu sou gay? Se eu por acaso fosse gay, você acha que isso pegava pelo toque? Ou que seus colegas vão desconfiar de alguma coisa? Isso, por acaso, te importa?

Estendi a mão para ele, como num gesto de amizade. Ele hesitou.

— Vamos, cara, viadagem não passa de uma mão para a outra. Não pela minha.

Ele ainda olhava para a minha mão.

Completei:

— Você é homem ou não? Não se garante?

Não estendeu a mão. Os amigos começaram a escrachá-lo.

— Você é que é gay, professor! — ele disse, já meio sem graça.

Olhei para a sala e continuei tentando dar a aula.

— Se isso é tão importante pra você, por que resolveu ficar postado atrás da minha cadeira? Aliás, por falar em veado, toda vez que entro na sala, você está "brincando de brigar" com outro aluno, se agarrando com o cara. A cada dia é uma nova vítima. Nunca vi você sentado ao lado de uma aluna. Você nunca chegou pra mim, como *homem*, e disse: "Professor, o senhor me dá licença, vou atender o celular, é uma ligação da minha *namorada*". E aí?

A bicha estava interessada em mim. Além de tudo, era traficante; aí, a porca torcia o rabo. Eu queria que ele se fodesse, mesmo que fosse com outro cara. E desde que não fosse comigo.

39.

Tragédias verossímeis, as que podem ocorrer em nossas vidas — aquelas que estão ocorrendo, boas de serem lidas. Grandes histórias.

Emília era muito orgulhosa. Não tínhamos filhos nem empregada; então, além de tudo, também costumava descontar seu mau humor em mim — geralmente depois de um dia de trabalho, ou quando alguma coisa não dava certo na pós-graduação

— Eu ia apenas desejar uma boa noite para o seu Cícero. Eu tinha apenas que passar aquele recado importante para o Marcos. Por que você fez aquilo? — perguntei.

— Mas você falou "Vamos, vamos!", eu fiquei com aquilo na cabeça.

— Se fosse o teu pai, você ficaria empurrando pelo braço? Ficaria o apressando daquele jeito? Por que você faz essas coisas comigo?

— É, mas na terça, você me...

— Terça, Emília? Terça-feira? Você ainda está querendo se vingar da terça-feira? Porra, Emília, já fiz isso alguma vez com você? Já te humilhei na frente dos seus parentes ou das suas amigas?

— ...

Ela simplesmente não sabia pedir desculpas. Quando o fazia, era sempre algo forçado, quase como se estivesse com ânsia de vômito. Era de família oriental. O pai fora um frouxo, que havia torrado toda a fortuna da família no Japão, e depois veio para o Brasil trabalhar como caseiro numa granja em Embu. Mimara muito a filha.

A mãe gostava de mim. Quando o marido decidiu tentar a sorte no Brasil, ela foi contra.

— Vou conversar com a sua mãe, ela terá que entender meu português. Se não, você vai ter que traduzir pra mim.

— Não, não é justo você colocar minha mãe nas nossas brigas...

Ela tinha um medo que se pelava da mãe. Iríamos lá no dia seguinte, domingo.

— Mas ela é minha sogra, é *sua* mãe! Você está com medo do quê? Amanhã mesmo vamos visitá-la. Não vá traduzir errado, de propósito!

40.

Era uma baderna geral.

Na escola a coisa andava preta. Literalmente. Minha pressão de vez em quando ficava baixa e eu tinha constantes desmaios. Alguns poucos alunos se esforçavam, ou pelo menos ficavam calados. Nos últimos dias, eu já me dava por satisfeito quando nenhum deles me ameaçava fisicamente. Claro que não era pelo diploma, mas como é que eu poderia concorrer com bandidos armados, com o dobro do meu tamanho?

Não era sempre, é claro. Só não tenho condições de dizer quando. Eu vivia tendo uns brancos.

— Mas professor, o senhor já passou a lista de chamada!

— Como? Já passei?

Não tinha paciência para fazer chamada. Passei a lista e comecei a escrever no quadro. A conversa foi diminuindo — macaco vê, macaco copia.

— Sim, o senhor já passou a folha, está rodando por aí. Cadê a lista de presença pessoal? — gritou Jonas.

— Esse professor está ficando louco! — comentou alguém. Todos riram.

Uma vez eu estava no banheiro da minha casa. Estava um baita dia de sol, um calor de rachar. Eu com vontade de mijar. Senti um forte cheiro de merda no ar. Achei estranho, porque eu sempre, depois de cagar, jogava o papel higiênico no vaso e dava descarga. Não cabia um cesto de lixo.

Depois que Emília foi embora, a faxineira ainda trabalhou por mais alguns meses enquanto pude pagá-la. Nunca fomos para o banheiro, que foi ficando cada vez mais imundo. Fazia mais de um ano que não era limpo. Fazia duas semanas que eu não tomava banho.

Noutra vez, meu olho direito estava coçando, o pó do giz que o governo dava aos professores irritava meus olhos. Em casa, resolvi pingar algumas gotas de Duasorb. Ao lado havia mais um frasco, Cerumim, que ajudava a dissolver a cera nos ouvidos. Os frascos eram parecidos.

Eu poderia fazer a tal chamada oral. Também poderia dar advertências, exigir a presença dos responsáveis. Muitos não tinham pais, mesmo quando tinham:

— Meu filho? Meu filhinho? Meu *filhinho* é um amor! É um *amorzinho* obediente. Só não... Na certa, é o senhor que não soube *ser educado*... Meu filho não mente. É VOCÊ que está mentindo!

Sua ameba é um retardado, puxou da senhora.

— Minha filha?! Minha princesa?! Minha princesa é u...

Sua princesa é uma piranha, sua retardada.

O banheiro dos professores estava entupido havia anos. Fui até o banheiro dos alunos. Peguei o aprendiz de bin Laden e a vagabundinha bem no momento em que colocavam a bomba numa das privadas.

O resultado? A direção, a diretoria de ensino, o conselho estadual de educação, o secretário de educação, o governador, as ONGs, a imprensa, todos os pais, a maioria dos alunos, quase todas as professoras, todos os "especialistas em educação"... mas, como eu ia dizendo, a baderna era geral...

41.

— Mas, policial, é só um cigarro de maconha. Um único cigarro. E eu não fumei. Não dirijo sob o efeito de droga alguma.

Era mentira, e o policial sabia.

— É contra a lei. Além disso, assopre com força no bocal deste aparelho aqui.

Eu estava completamente liso. Com o salário que recebia, descontando o aluguel, a água e a luz, sobrava muito pouco.

Bom. Eu tinha um baseadinho.

— Veja, senhor policial, o senhor é *gordo pra caramba*, há alguma estatística apontando quantos acidentes fatais são causados por infarto do miocárdio com o desgraçado ao volante? Não deveria ser proibido dirigir com as artérias *entupidas de gordura*?

Eu havia assoprado no bocal do tal instrumento. O nível de álcool no sangue ultrapassara em muito o limite permitido. Ele me passou as algemas e caminhamos até a viatura.

— O que você faz da vida? — perguntou o sargento, enquanto dirigia em direção à delegacia.

— Sou professor — respondi.

— Professor do quê?

— De Física.

— Nunca gostei de Física — disse o cabo.

A verdade é que a carcaça cansada tinha girado a órbita dos olhos em 180 graus, e agora enxergava novas leis, novas relações de causa e efeito. Nesse novo universo, só havia um deus — um deus mortal, inseguro e ateu.

Eu não estava preocupado, não quanto à prisão, nem quanto à escola, as implicações. Nem quanto ao futuro — um universo de prisões, uma a mais, uma a menos...

42.

A delegacia ficava no alto de um morro. Dividia o muro lateral com uma escola pública, o que não me surpreendeu.

— Sentaí, vagabundo — foi a primeira frase que saiu da boca do escrivão, logo após ter conversado com os policiais que me prenderam.

Foi uma noite interessante: o escrivão não registrou o boletim de ocorrência; fui jogado numa cela e não vi nem a cor do delegado. Bom. Uma cela, uma... célula — uma cela é uma cópia em microescala da vida humana. A carceragem da delegacia estava com a capacidade esgotada há tempos. Acho que o que eu via eram rostos. Ouvi algo: "Cala a boca aí, filho da puta!" O sujeito falou direitinho, tinha bom português. Eu estava calado de qualquer forma, e calado continuei.

43.

Meu ouvido direito ainda zumbia quando acordei. Com a queda, torci meu tornozelo. Minha língua estava inchada devido ao corte que sofreu. Vasculhei meus dentes e identifiquei a falta de dois. Pensei nas vantagens do uso de uma dentadura. Por um momento, pensei estar em casa.

Era a sala do delegado, que apareceu cerca de quinze minutos depois. Trazia uma xícara de café. Sentou-se em sua confortável cadeira e o bebeu calmamente, sorvendo em pequenos goles. Saboreava-o. Isso levou um bom tempo.

— É, hein, professor? Bêbado, hein? — disse finalmente, após depositar a xícara vazia sobre a mesa.

Não respondi. Não conseguia mover o maxilar.

Parece que ele havia tido uma excelente noitada. Voltara de bom humor à delegacia, e não estava a fim de perder tempo com "pouca merda", como ele mesmo disse. *Todas as prostitutas são santas* — pensei.

Resolveu não abrir um inquérito por eu dirigir embriagado. Eu "não poderia me meter em mais *roubadas*". Teria que ficar de bico calado. Não podia falar, nem comentar, sequer sussurrar para alguém o que havia acontecido comigo. Deixou claro que qualquer problema que tivesse com a corregedoria, ele saberia a causa. Saberia *quem* foi a causa.

— Conhece a Terceira Lei de Newton, professor? — perguntou.

Balancei a cabeça para cima e para baixo algumas vezes.

44.

Tudo é uma questão de redes sociais. Era quase como se eu não existisse.

No hospital, eu disse não me lembrar do que havia ocorrido. Obtive trinta dias de licença médica. Depois, numa nova consulta, os médicos decidiram prorrogar por mais trinta.

Fiquei afastado da sala de aula por sessenta dias. Sessenta dias longe do inferno? *Nada mal* — pensei.

45.

Liliane tinha 44 anos e era separada. Tinha dois filhos e morava em Caxias do Sul. Trabalhava como fotógrafa. Antes, havia sido modelo. Por algum motivo ela se interessou por mim.

Ainda era uma mulher muito bonita, tinha cabelos pretos, lisos e longos, olhos de um azul ainda intenso de desejo de vida. Havia se separado do marido há alguns anos e desde então, segundo me dizia, não havia encontrado ninguém interessante.

— Neste final de semana estou livre, venha para São Paulo, vamos nos conhecer pessoalmente — eu disse a ela por e-mail.

Diabos, ela aceitou!

46.

Uma semana depois já estava livre. Claro, eu poderia ter ido morar em Caxias do Sul, gostava do frio, mas Liliana era separada, seus dois filhos ainda jovens moravam com ela. Não queria mais um dependente.

Uma noite, depois de beber o suficiente para encarar, entrei num salão de forró. Havia muitas mulheres. Tinham mau gosto, minhas chances aumentavam um pouco. Eu não sabia dançar; fui até o bar, me encostei num canto e fiquei observando.

Seu rosto não era bonito, mas tinha belas pernas. Parecia não haver ninguém ao seu lado.

— Meu nome é Vanessa — disse.

Conversamos sobre qualquer coisa.

— Você tem uma conversa agradável, Sandro. É mais inteligente do que a maioria dos caras que vêm aqui. Sabe agradar a uma mulher.

Acreditei. Fomos até um motel próximo dali.

47.

Fui contemplado.

— Amor, preciso tomar um banho — disse Vanessa, enquanto eu tentava lhe tirar o sutiã.

— Vamos tomar o banho juntos — eu disse.

— Não, eu sou tímida.

Empurrou-me para fora do banheiro. Não consegui tirar sua roupa.

Saiu do banho depois de meia hora, com as mesmas roupas. Eu já estava nu e impaciente. Não pude tocá-la, era a minha vez de tomar banho. Eu estava excitado e bêbado. Enquanto esfregava o sabonete pelo corpo, ele escorregou da minha mão, tentei pegá-lo, e escorreguei.

48.

Era um quarto. Minha cabeça latejava fortemente. Seguia o mesmo compasso do coração, só que cem vezes mais intenso. Um lençol me cobria. Havia uma pessoa do meu lado, mas não pude ver seu rosto.

Levantei-me e fui me olhar no espelho. Tinha um enorme galo no lado esquerdo da testa. Minhas roupas estavam em cima do criado-mudo, cuidadosamente dobradas, minha carteira, cinto e os óculos sobre elas. Meus sapatos estavam no chão, junto com as meias.

Verifiquei a carteira, parecia estar em ordem. Enquanto eu me vestia, ela acordou.

— Você escorregou e bateu com a cabeça no azulejo do banheiro.

Sua voz era nasalada.

— Quebrei algum? — perguntei.

— Não, mas quase quebrou a cabeça — disse.

— Não iria fazer muita diferença. Você chamou o SAMU?

— Não.

— Algum enfermeiro?

— Não conheço nenhum, você conhece?

— Avisou alguém do motel?

— Apareceu uma faxineira, perguntou se estava tudo bem.

— E o que você disse?

— Que ela não tinha com o que se preocupar.

—Que mais? — perguntei.

— Ela disse que tinha ouvido um barulho. Parecia vir deste quarto.

— E o que você respondeu a ela?

— Que eu não entrei num motel para responder entrevistas.

— Ah, entendi.

Vanessa era um prêmio-surpresa, algo como um pacote que você acha repentinamente quando está andando na rua — não sabe quem o deixou ali nem por quê. É o primeiro a descobri-lo, você pensa, com sua curiosidade sempre bêbada, que o deixa excitado. E o abre ansioso. Então você descobre: "É UMA BOMBA!".

Literalmente, tarde demais. Antes de chegar em casa, passei na farmácia e comprei um analgésico bem forte.

49.

Resolvi caminhar pela 23 de maio. Era inverno, achei que seria uma boa ideia ir até o centro cultural.

A maioria das pessoas não costuma frequentar bibliotecas, muito menos lugares conhecidos como "centros culturais". Os funcionários não exigiam identificação, eu poderia ficar circulando por ali. Os banheiros eram limpos e vazios.

Mas antes eu teria que vencer a 23, a sinuosa avenida 23 de Maio. Embora estivesse acostumado com o frio, dessa vez não me sentia disposto. Ela passava pelos fundos, bastava subir quatro lances de uma escadaria. No exato lugar em que a avenida encontrava a parede do CC havia uma escultura — uma, duas, três; quatro ondas. A quarta era a maior, mais volume, mais energia, ganhando força à medida que avançava — vinte e três curvas numa sólida correnteza de águas metálicas e violentas, toda essa energia arrebentando e indo de encontro às margens da cidade. Pessoas morrendo afogadas, afogando--se umas às outras, violentamente, todos os dias.

De cara, fiquei emburrado. Muitos vagabundos tinham tido a mesma ideia. O maior problema não era o número de banheiros ou a quantidade de vasos; em geral, os mais fortes eram umas bichinhas, usavam os banheiros apenas para se chuparem.

50.

(Hoje somos todos escravos / e a gente ainda paga por isso / e a gente ainda... **Lobão**)

Dirigi-me até o setor de música.

Filhos, pais, estudantes, mensageiros, auxiliares de escritório, ajudantes de pedreiro, balconistas, escriturários, atendentes, caminhoneiros, professores... Indigentes. De dia, os albergues para vagabundos nos expulsavam, tínhamos que nos virar. Algumas praças não eram seguras, e nenhum mendigo era confiável. O CC era um local seguro. Nenhum de nós havia sido convidado, estávamos ali nos protegendo do frio. E para dormir, finalmente.

51.

Largo de São Francisco. Esses desgraçados tinham preguiça até para falar.

— Ojé sábu, ojé sábu, o psô! — disse o vagabundo.

— Manguaça, fala ali com o Documento — eu dizia.

O vagabundo olhava para o negão e desistia de encher o saco.

52.

Não gosto de tomar chá-mate, dá uma baita mijadeira. O gosto do que sai deve ser o mesmo. Por um tempo tentei me concentrar nas grandes questões da vida, mas meu organismo não estava muito aí pra nada disso. Depois que perdi o apartamento e o emprego como professor efetivo, muitas das minhas preocupações acabaram.

Começaram outras.

— FILHO DA PUTA! SEU DESGRAÇADO! É SÓ UM MONTE DE PAPÉIS SEM IMPORTÂNCIA! — eu gritava para o Documento, sem fazê-lo desistir.

Ele cantava: "Ham, ham, ham, ham / Eu quero o meu documento, eu quero o meu documento / Ham, ham, ham, ham / Eu quero o meu documento..."

À noite eu ia para essa associação espírita em busca de um prato de comida. Mas não era assim tão fácil; tínhamos que ouvir o "Pai Nosso". Particularmente, não apreciava o pão, mas me fartava quando vinha o filé de peixe à milanesa. Depois serviam um chazinho. Nem só de pão vive o homem. Também dava pra tomar um banho e, se você quisesse, eles te aparavam o cabelo e a barba.

Mas dormir numa cama, somente em algum albergue da prefeitura — cheio de piolhos, pulgas e percevejos. Só a escória ia para lá. Naquela noite não dormi no albergue. Não consegui chegar. Acabei adormecendo numa viela perto do beco dos aflitos.

Nas culturas autênticas, originais e criativas, não existe a beleza, o conceito do que é arte.

— FILHO DA PUTA DESGRAÇADO! — eu gritava, enquanto ele arrancava as fitas adesivas. Tinha mudado o ritmo: "Hum, hum, hum / Eu quero o meu documento, eu quero o meu documento / hum, hum, hum, hum / Eu quero o meu documen...

53.

Existem dois tipos de mendigos: os que desistiram do jogo da vida, e os que também haviam desistido do jogo.
— SEU PAU NO CU, DESGRAÇADO! — eu gritava, enquanto ele arrancava as fitas, levando junto chumaços de pelos do meu peito.

Uma sociedade que separa as pessoas em feias e bonitas, ricas ou pobres, homens ou não, é doente, sofre de um mal agudo e incurável. Agora a letra: "Baby não encana, não, não encana/ baby não encana, não, não encana..." A melhor forma de manter o que sobrou do seu passado junto a você é guardando o mais próximo possível do corpo.

Documento tinha bem uns dois metros de altura e era baixo-profundo. Nem mesmo o velho Tonhão sabia sobre seu passado. Já havia arrancado minha jaqueta e minhas calças. Minhas costas e meu peito eram os locais em que eu mais sentia frio. Mesmo nos dias quentes, sempre usava duas camisetas. Ficava empapado de suor. Fazia o mesmo com as cuecas, sempre usava duas. Nos dias quentes, meu saco fumegava.

Ele não gostava muito de falar. Preferia cantar. O repertório era improvisado na hora, conforme o gosto do freguês. "Sarastro & Presto, devolva meu mundo / Sarastro & Presto, Presto imundo..."

Camisas com bolsos não eram seguras. Meu RG ficava preso por fitas adesivas em minha primeira camiseta, pelo lado de fora. A segunda camiseta, mais grossa, a escondia. Tinha feito um bom ninho na altura do umbigo. Minhas duas únicas fotos, tiradas ao lado de Emília, ficavam presas à minha segunda cueca pelo lado de dentro.

— A cueca não, documento!

Tudo em arte são memes que se ligam aos nossos desejos e medos mais secretos — documento e fotos duplamente plastificados, os polímeros naturalmente artificiais da existência. Ninguém em sã loucura assaltaria um vagabundo. A não ser um outro.

54.

Eu não sabia se ele estava a fim de me comer. Eu não estava a fim de dar. Mesmo assim, me danei um bocado antes daqueles policiais aparecerem. Samuel apanhou como um escravo. Tinha problemas com policiais desde o dia em que tentou fugir de uma blitz: havia esquecido os documentos na casa do amante. Isso, à noite, depois de um show. A esposa não sabia de nada, ela e as crianças também estavam no carro. Ele ia se apresentar num programa de variedades na televisão, uma grande emissora. Supôs, corretamente, que se parasse seria imediatamente algemado. Sua carreira começava a deslanchar e ele não queria que a imprensa tomasse conhecimento. Acelerou o veículo. Deveria ter insistido no grafite, o pobre diabo. Jamais se recuperou.

Era mesmo uma bosta. Nossa sociedade estava envenenada desde a raiz. Éramos o triunfo da covardia, do vício e da idiotice.

— MINHA CUECA NÃO, SAMUEL! MINHA CUECA NÃO! NÃO RANCA MINHA CUECA, NÃO! — eu gritava, enquanto me debatia.

"Sarastro & Presto, Presto imundo / Sarastro & Presto, devolva meu mundo..."

Queria encontrar um culpado, mas perdera a identidade.

55.

Finalmente consegui um emprego. Fui ser jardineiro em uma mansão no Morumbi. Pertencia a um empresário do ramo hoteleiro, que quase nunca aparecia. Fui contratado por sua esposa americana: oito horas por dia, uma hora de almoço e folgas aos domingos. Seu nome era Ann.

Eu não tinha qualquer experiência como jardineiro. Não tinha um único centavo no bolso, de modo que menti na hora de preencher a ficha: inventei nomes e endereços falsos e aleguei ter mais de cinco anos de experiência. Não tinha nada a perder. Ela mal a olhou. *Não domina o português escrito, sorte minha* — pensei.

Mrs. Ann tinha cerca de cinquenta anos. Era alta, era gorda, não fazia questão de demonstrar qualquer elegância. Vestia um pijama rosa surrado e seus cabelos eram loiros-sebentos.

— Gosta de animais? — perguntou.

— Tenho jeito com eles, dona Ann. Os animais gostam de mim — respondi.

Jeito com animais: não se trata de um dom, mas de um aprendizado. Aprendi a lidar com animais quando ainda era professor do ensino médio. Nunca reclamei; poderia ser pior. Os professores do ensino fundamental lidavam não exatamente com animais, mas com demônios.

— Tenho três cães: um dálmata, um boxer e um pastor alemão. Ficam soltos no jardim — disse ela, secamente. Mostrava os jardins. Parei de caminhar. Ela fingiu não perceber e continuou caminhando. Depois parou, virou-se para mim.

— São dóceis, uns amores.

— Dona Ann, se estão soltos, por que não os vejo? — perguntei, olhando para todos os lados e procurando enxergá-los.

— Estão no veterinário, tomando as vacinas de rotina.

Talvez só apareçam depois do almoço — pensei.

56.

Devia estar uns trinta graus. Enquanto mostrava os jardins e dizia o que deveria ser feito, Mrs. Ann tirou de um dos bolsos uma barra de chocolate e começou a comer. Não me ofereceu um pedaço. Da pensão onde estava alojado, eu havia caminhado cerca de uma hora e meia até lá, não tinha dinheiro para a condução e também não havia comido nada desde o dia anterior. Estava faminto.

A barra começou a derreter. Ela lambia os dedos, dava mais uma mordida e retomava as explicações. Dava pra ver o chocolate parcialmente mastigado revirando em sua boca enquanto falava. A comparação com uma privada cheia de merda foi instantânea. As plantas passaram a ficar interessantes.

A mansão era enorme. Os jardins, idem. Eram quatro: o da frente se comunicava com o do fundo através de dois laterais. Estavam em petição de miséria, mais pareciam uma praça abandonada. *Os cachorros* — pensei.

Os jardins eram relativamente isolados da residência, de modo que era possível entrar pela garagem sem passar por eles. Nos fundos, as piscinas e o deck também eram mantidos isolados por duas paredes muito bem projetadas, aproveitando o desnível do terreno, de modo que era possível enxergá-los de onde quer que você estivesse.

Claro, havia portas e portões de acesso, sempre muito bem fechados. Pensei que fosse por medida de segurança. Era.

57.

Terminadas as orientações, Mrs. Ann foi embora. Eu deveria começar o serviço imediatamente. Fingi limpar algumas ferramentas até dar a hora do almoço. Pontualmente à uma da tarde, fui até a cozinha. A cozinheira chamava-se Dalva, era negra e tinha lábios enormes. *Duas grandes lesmas* — pensei. Parecia cansada, mas mesmo assim se mostrou simpática. Almocei generosamente três pratos fundos de arroz, feijão, carne cozida, batatas e legumes cozidos no vapor.

— Dona Dalva, a senhora sabe a que horas os cães voltam?

— Ah, vai demorar. Foram ao hospital fazer check-up.

Demorei um pouco pra pegar a piada, depois caí na risada.

— Ah, foi a família toda — eu disse, rindo. — Não, dona Dalva, estou falando dos cachorros de verdade!

— Eu também, você achou que eu tava falando *do quê*?

— Eu... eu...

Eu nunca tinha feito um check-up na vida. Não era para a minha raça.

Meu expediente terminava às quatro. Dona Dalva me emprestou alguns reais, consegui voltar pra casa de ônibus.

58.

Cheguei às sete horas. Os cães sentiram meu cheiro, começaram a latir e ficaram agitados. Logo depois, Mrs. Ann me *apresentou* a eles. Pareciam dóceis, mas eu já estava bem vacinado contra as aparências.

Não teria moleza. Os cachorros realmente ficavam soltos, era uma exigência e uma condição para os que aceitassem o emprego, daí o estado lastimável dos jardins. Jardineiro algum, evidente, aceitaria trabalhar com três bestas soltas. Eu não era jardineiro.

Assim como a mansão e os jardins, os cães eram enormes. Fosse um e já seria impossível podar todas as plantas, adubá-las, regá-las, aparar a grama, varrer os restos de folhas e galhos mortos e plantar novas mudas; com três, era uma tarefa insana. Passei a manhã toda desconfiado. Os cães também. Estávamos nos estudando: eles tinham os dentes, eu a tesoura de jardineiro.   Horas depois, já tinham se acostumado comigo. Por volta do meio-dia eu estava limpando o mato que havia tomado conta de tudo. Me agachei para recolhê-lo. Estava apoiado sobre os joelhos, de quatro, e enquanto recolhia os gravetos, senti algo frio na bunda. Por um momento, pensei que fosse pelo fato de ter sentado na terra momentos antes. Não houve tempo para reação. O filho da puta pulou sobre as minhas costas.

— SAI, VIRA-LATA DO INFERNO! — gritei para o pastor alemão, enquanto tentava me virar e ficar de frente para ele.

A dona, Mrs. Ann, tinha me informado o nome dele, mas eu tinha esquecido.

— GRRRRRRRRR!

— SAI, FILHO DA PUTA!

A tesoura estava longe do local. Consegui me virar e acertar-lhe um chute, um coice na altura do peito. Ele não ganiu, apenas se afastou um pouco. Percebi que o diabo não queria ver o meu sangue; tentava *montar* em mim, estava esperando eu abrir a guarda. Tentei me afastar.

— AU! AU! GRRRRRRRRRRR! AU!

Ele avançou pelo lado.

— AH! SAI!

Enquanto ele tentava subir nas minhas costas, tirei uma pimenta-malagueta que havia colocado no bolso, por precaução. Esfreguei em seu focinho e na região dos olhos, ao mesmo tempo em que a esmagava. Deu certo. Ele saiu de cima rapidamente, começou a fungar. A ardência deve ter piorado. Enfiou o focinho no solo e começou a esfregar, desesperado. Afastei-me.

Estava com as roupas sujas e rasgadas, todo babado com sua saliva. O cachorro continuava a se esfregar, gania e latia cada vez mais alto. Por fim, saiu correndo desatinado, procurando por socorro. Tiveram que levá-lo ao veterinário novamente.

É, aprendi esse truque com uma namorada louca, que adorava fantasiar que estava sendo estuprada. Ela exagerava nas fantasias e eu a larguei.

59.

— Dona Ann, acho que espantei os insetos, as aranhas e as cobras ao mexer no jardim, principalmente nesse mato todo — mostrei a ela os sacos de mato que eu havia limpado e ensacado, e também os que ainda estavam por ensacar — Alguns deles devem ter picado o pobre do cachorro. A senhora sabe... Quando me virei, a mulher tinha sumido.

Não tive mais problemas com o pastor alemão. Depois, fiquei sabendo que seu nome era Kirk. Todas as manhãs, ao perceber minha presença, dava um jeito de desaparecer.

O dálmata chamava-se Crush. Era um caçador nato. Caçava gatos, ratos, pássaros, tudo o que se mexesse. Odiava pombos. Os pombos eram atrevidos, comiam sua ração e voavam antes que ele os alcançasse. Mas ele desenvolveu táticas eficientes de ataque: escondia-se em alguns locais estratégicos próximos das tigelas de comida; quando estavam suficientemente próximos, ele dava o bote. Acabava com o jardim, fazia buracos na grama ou nas cercas vivas para esconder suas presas, criando trilhas. A empregada lhe dava banho todos os dias. Era tradicional: branco, com manchas pretas. No final do dia, estava marrom.

O boxer não me dava problemas. Seu nome era Clever. Era, sem dúvida, o cão mais inteligente. Quase não latia. Devo admitir que no começo tive muito medo dele; sua calma me assustava. Um boxer. Achei que fosse um assassino a sangue frio — Crush e Kirk eram a *sangue quente;* com esses eu lidava melhor.

Mas estava enganado. Era resignação, mesmo. Falta-va-lhe um pedaço da orelha esquerda, resultado de uma briga feia com o pastor alemão. Embora mais forte do que Clever e Crush, Kirk descobriu que os outros cães também tinham patas e dentes afiados — não os incomodava mais, cada um havia delimitado seu próprio espaço. Toleravam-se.

60.

Foi na segunda semana. Ela estava na garagem, pronta para sair.

— Dona Ann, a senhora precisa mandar *castrar* esses cães — reclamei, enfim.

— *Castrar*? Castrar meus *bichinhos*? Jamais faria isso com as minhas *fofuras*. É contra a natureza dos animais. Por acaso *você* é castrado?

Fiquei pasmo. Por alguns segundos, não soube o que responder. A puta velha havia me comparado a um cachorro.

— Dona Ann, o sexo faz parte da natureza dos animais. O vizinho da frente tem uma cadela Rottweiler que está no cio, os cães ficam loucos. Nesse caso, os cães poderiam cobrir algumas cadelas. Kirk, em especial, está desesperado, montando no cavalete de madeira que uso para podar os arbustos mais altos.

— O quê? Minhas *fofurinhas* ainda são muito novinhas para fazer esse tipo de coisa. É você que está *delirando*. Vou falar com as empregadas para tomarem cuidado com você — ela disse, e saiu com o carro, bruscamente.

Foi aí que caiu a ficha. Finalmente, compreendi por que seu marido quase nunca aparecia: ia buscar prazer em outras águas. A *Moby Dick* era assexuada.

61.

A empregada era uma senhora evangélica, bem por volta dos sessenta anos. Chamava-se Tereza. Não era negra, nem branca, nem índia; era uma mistura de raças e desprezada por todas elas — nordestina, e eu sabia o que era isso. Sua pele era colada aos ossos, tal o estado de sua magreza. Era anoréxica, mesmo quando ainda não estava na moda.

Eu evitava falar com aquela alma penada. Minha imaginação se tornava ainda mais sombria quando dona Tereza começava a pregar em mim a palavra de Deus. E ela sempre falava sobre Deus, era seu único assunto, sempre. Qualquer que fosse a conversa, dava um jeito de encaixar Deus no meio. Ela estava certa, afinal, Deus estava em tudo, mesmo.

"Dona Tereza, quando meu pau fica duro, Deus fica sabendo?"

"Certamente que sim, meu filho. Deus sabe de tudo porque Ele está em todos os lugares, Ele tudo vê. Não cai uma folha de uma árvore sem que Deus saiba. E não há coisa alguma que aconteça se não for da vontade d'Ele."

"Sério, dona Tereza?"

"Mas claro que sim, meu filho."

"Será então que quando o meu pau fica duro, será que é Deus que o está levantando? Será que é Deus quem me masturba?"

"Certamente que sim, meu filho."

62.

Mrs. Ann, é claro, não me despediu nem fez comentário algum. Segui com o meu trabalho sem maiores reclamações, da minha parte ou da dela.

Tentei ler alguns livros sobre jardinagem. Descobri que era prazeroso lidar com plantas. De qualquer forma, as plantas não reclamavam das minhas cagadas, quer dizer, reclamavam no início, mas depois se acostumaram.

Tirei proveito das trilhas deixadas por Crush e dos buracos que ele fazia nas cercas vivas: tornaram-se caminhos que o visitante poderia seguir ao passear pelo jardim. Fiz um acordo com ele: nas suas caçadas pelo jardim, deveria percorrer somente os caminhos permitidos.

A princípio, Crush não gostou muito da ideia. Mas o apito que comprei, e que emitia um som inaudível para os seres humanos, mas extremamente irritante para os cães, me ajudou a convencê-lo.

63.

Foi num domingo. Era minha folga, eu estava saindo de um supermercado onde havia comprado algumas garrafas de vodka barata. Estava passando por uma esquina quando vi um sujeito sentado no chão, um vagabundo. Reconheci-o de imediato: era o "Frango" — como o chamavam nas ruas. Frango só botava ovos de merda pelas calçadas. Pensei em mudar de trajeto; não estava a fim de dividir minha bebida com nenhum pé-de-cana. Mas ao lado dele, havia um cão. Olhei melhor.

Tinha tetas, a cadela; estava no cio. Os vira-latas sentiam seu cheiro e tentavam se aproximar. Lalinha era uma vira-lata bem grande; protegia seu dono de qualquer ataque de outros vagabundos, ou de indivíduos neuróticos por limpeza.

64.

Não foi fácil negociar com Frango:

— Escuta, Frango, só quero a cadela emprestada por algumas noites.

— Não me separo da minha companheira por nada neste mundo!

— Olha, está no cio, é melhor que seja um cão de raça, não é mesmo? Você pode ir até a porta da casa comigo e ver como são os cães, eu te descolo um rango, mas pra você entrar não vai dar. Pensa só, você vai poder vender os filhotes e faturar uma grana boa com isso — eu disse.

— É mesmo?

As duas garrafas também ajudaram.

65.

Mrs. Ann estava viajando, só iria voltar em três semanas. As cobras e as aranhas. Nos fundos da casa ficava o compartimento por onde jogávamos os sacos de lixo, uma estrutura em alvenaria com uma larga porta metálica que só abria por dentro. Do lado de fora havia uma cerca de madeira de um metro e meio de altura. Deixei a cadela do lado de dentro da cerca, junto aos sacos de lixo. Dei a volta e entrei pelo portão dos funcionários.

Às quatro, meu horário de saída, dei um jeito de abrir a porta interna da lixeira. Ela entrou. Fechei a porta. Ela ficou por ali. Quase não se mexia, pressentia o que estava por vir.

Fui até o ponto de ônibus. Antes das seis já estava no meu quarto. Fui até o banheiro sujo da pensão e tomei um banho. Depois, me vesti e fui dar uma volta. Mas logo voltei, era sempre a mesma mancha de psicopatas e imbecis.

No dia seguinte, às sete da manhã, lá estava eu de novo. A essa altura, dona Dalva e dona Tereza, que moravam no serviço, já estavam alvoroçadas: uma cadela havia entrado na residência. Ninguém sabia como isso havia ocorrido. Nem eu. Alguém precisava resolver o problema.

— Sim, dona Tereza. Prometo que assim que o primeiro cachorro sair de cima dela eu enxoto essa vira-lata de volta pro olho da rua.

66.

Engraçado, enquanto a cercavam, os cachorros pareciam calmos. Não latiam, apenas seguiam a pobre, que tentava se esconder por todos os lados. Chegaram a fazer fila. Kirk, é claro, foi o que mais se aliviou. Acabou com a coitada.

Lalinha ainda me prestou favores sexuais por mais três dias. Como recompensa, ficou prenha. Será uma boa mãe, pensei. Depois a devolvi ao Frango, em toda a cidade não haveria padrasto melhor.

Quando a baleia voltou da viagem, soube do que havia acontecido. Fui demitido sem maiores explicações. Antes de sair, ao recolher meus trapos, dei uma última olhada no jardim. Depois fui ver os cães. Estavam todos dormindo, calmamente, um ao lado do outro.

67.

— Renova continuamente a fé em teus sonhos. TU, menino, somente TU, não desistirás de correr atrás deles, até que os tenha alcançado — disse o bêbado que estava deitado numa das inúmeras calçadas da Tia.

— Filho, ouça as minhas palavras de sabedoria — continuou. — Assim que consegui alcançar o primeiro deles, diminuí a velocidade e parei para apreciá-lo. Depois, vi que nunca conseguiria alcançar os outros, não porque não pudesse mais correr, ainda posso, tenho uma boa direita e dentes fortes, mas para apreciá-lo verdadeiramente, teria que sacrificar grande parte dos demais. Era o sonho mais importante, e também o mais barato — bradava o veado insolente.

Tia era a dona de uma vasta rede de lanchonetes que dominava o centro de Pelotas. Tinha também lojas espalhadas em várias outras cidades do Rio Grande do Sul. Já tinha dormido nas calçadas. Quando alguma prefeitura tentava algo para remoção dos mendigos, entrava com uma ação na justiça:

— Vou processar a prefeitura, e também o senhor, Sr. Prefeito. A justiça está do meu lado!

Eram mais de 200 lanchonetes espalhadas em dezenas de cidades: isso dava um baita trabalho para as prefeituras e um aumento nos custos de limpeza urbana, sobretudo do passeio público. Um dia, o repórter de uma emissora local perguntou a ela por que nunca distribuía alimentos para os vagabundos e desabrigados, sequer uma azeitona.

— Isso poderia me trazer problemas com a justiça, uma possível ação solicitando indenização por doação de alimento estragado.

68.

Dei um jeito de dopar Melissa. Foi difícil. Tive que lhe dar uma dose muito forte de calmantes. Para uma pessoa mais fraca, teria sido uma dose fatal, e Melissa não estava nem um pouco a fim de tomar aquela injeção. Mas consegui. O motorista do ônibus que ia para Caxias do Sul viu o estado deplorável em que ela se encontrava; não deu maior atenção, e consegui embarcar.

Dormiu durante quase toda a viagem. Então acordou. Pouco depois, um outro motorista resolver atender os gentis gritos desesperados de uma louca que ameaçava pular da janela do ônibus, caso ele não o parasse imediatamente. Os passageiros já estavam agitados e nervosos. Resolvemos descer ali mesmo, não aguentávamos mais tantos gritos.

Fizemos o final do trajeto a pé. Foi bom, porque assim Melissa conseguiu aproveitar o resto da viagem.

69.

— Vem me salvar, paizinho, vem!

Livrá-la dos clientes até que foi fácil: quando eu dizia que ela tinha apenas dezessete anos e ameaçava chamar a polícia, eles logo desistiam. Com os traficantes eu costumava ser mais diplomático.

— Veja, Naíde, essa criança tá toda fodida, tenho a obrigação de levá-la para os pais.

— Cadê o crachá, então? — perguntou Naíde.

Aquele barril lésbico de ranho ambulante era uma pedófila; impressionou-se com a beleza da idiota, que havia tentado a sorte como modelo em São Paulo. Tudo é uma fuga — tecidos anoréxicos e fibras escravas, cores imundas de um mundo doente e sem sentido.

Terra invertida. Foi numa dessas que me dei bem.

70.

O falso crachá que eu havia feito pouco antes de embarcar, para o caso de haver algum problema durante a viagem, foi o que realmente me salvou.

— O crachá desse mané, filho de uma puta, é falso; liguei para a prefeitura de São Paulo e não tem nenhum Sandro de Arandas lotado na secretaria de assistência social de lá — disse Jonas.

Jonas, delegado da polícia civil de São Marcos, recebera uma denuncia anônima: exploração de menor e prostituição infantil. Naíde não foi presa. Eu fui. Ainda bem, já estava a ponto de desistir e mandar todo mundo pro inferno. Haviam sido colegas de infância quando ainda moravam em Caxias. Depois que confirmou a falsidade do meu crachá, ele achou que, além de agenciá-la, eu a estivesse drogando.

A noite foi bem longa. No dia seguinte, ele a levou até seus pais. Não abriram inquérito policial, o pai de Melissa não queria a polícia envolvida. Ossos e dentes quebrados e um rim perfurado, dois meses depois de sair do hospital, quase consegui chegar a São Paulo.

71.

— É uma pena. Você realmente não acredita em Deus?

A Associação das Prostitutas Unidas da Região da Luz tinha mais de quarenta anos, Maria das Neves era a quinta presidente desde que a ONG havia sido fundada. A presidente anterior havia sido assassinada há um ano.

Ela fez o que pode, movimentou todos os seus contatos. A menina não queria que os pais soubessem. Era preciso ter tato.

Tivemos que andar para trás. Aqueles empresários tinham fortes ligações: o caso da ex-nova promessa das passarelas que havia caído no mundo das drogas foi muito bem abafado, pela polícia e pela imprensa. Melissa, de uma beleza só se comparava à sua ingenuidade, saíra de casa aos 16 anos para tentar a carreira de modelo em São Paulo.

A Praça da Luz não era bem iluminada nessa época; só consegui ver a sombra de um cadáver, pulando, girando e gritando coisas insanas e iluminadas, que só um louco ou um anjo caído seria capaz de entender. Tratei de dar no pé. Tarde demais, seus cabelos e olhos brilhavam na escuridão.

Quatro anos depois, resolveu voltar para São Paulo. Estava convencida de que agora teria algum sucesso. De alguma forma conseguiu descobrir meu endereço; eu trabalhava como vigia noturno de um galpão abandonado em Guarulhos, morava por lá mesmo. Resisti o quanto pude.

Ainda era muito jovem. Mesmo assim, era a fundadora e presidente de uma instituição para recuperação de drogados. Conseguiu um terreno de graça. Viciados de tudo quanto era lugar, até de fora do país, iam até Pelotas se tratar. Buscavam uma cura que nunca ocorreria. Mais um dia.

O tempo de internação dependia de uma série de fatores, mas de qualquer forma todos saíam saltitantes de felicidade, felizes como os veadinhos campeiros nativos da cidade. E eram muitos.

Todos eram tratados como seres humanos. Muitos deles não tinham qualquer condição de bancar o tratamento. Ela queria a todo custo que eu fosse vê-los pessoalmente. Eu estava morrendo de medo de que, uma vez em Pelotas, Melissa desse um jeito de me internar, mesmo sem a minha autorização.

— Não, Melissa, eu não creio em Deus. Mas acredito em sua insana beleza dourada.

Ela disse que seu pai queria me conhecer pessoalmente, estava muito doente, terminal. A clínica não era o maior problema. De qualquer forma, comprei um cachecol cor de rosa, e *vamu qui vamu*. Ela teve que prometer que não me internaria. Eu tive que me dopar.

72.

A maioria dos que dizem não gostar de São Paulo mora lá. Pelo mesmo motivo. Eu estava na Avenida Tiradentes quando passei em frente a essa escola pública. Do lado de fora, junto ao portão de entrada, estava ocorrendo uma briga: duas alunas se agarravam. Tentando atravessar a multidão, lembrei que na minha época, quando ainda era estudante, não me lembrava de ver duas alunas sequer discutindo; era impossível imaginá-las arrancando os cabelos uma da outra e trocando socos. Na minha época de escola, quando ainda era professor de Física, isso acontecia quase todos os dias.

— Hei, professor, sua aula é muito chata, eu não gosto de física!

— Então se retire da sala.

— Mas eu vou pra onde?

— Vá pro inferno.

Elas iam para o fundo do pátio, transar. Ou para os banheiros, se drogar.

Alguns alunos confundiam a minha disciplina com a educação física. Eu dizia a eles que a minha física era sem educação. *Se eles não querem aprender, não vou contrariá-los* — dizia a mim mesmo.

O número de curiosos na calçada era alto. Muitos alunos. Tinha uma vaga de corretor de imóveis numa imobiliária a três quadras dali, e eu tinha quinze minutos se não quisesse me atrasar.

— Me dê licença, por favor, eu preciso passar.

Uma delas, a que vestia uma calça de cintura baixa que permitia a visão de seu útero, montou sobre o ventre da outra. Tinha numa das mãos uma tesoura, que não era escolar. Vi quando ela conseguiu enfiá-la no rosto da colega. O olho direito da menina começou a vazar, imediatamente.

— Me dê licença, por favor, eu preciso passar.

A maioria dos professores do ensino público dizia, em público, que *ainda* gostava da profissão. Entrei para a profissão sem nenhuma esperança, mas não foi suficiente. Antes que desse conta, comecei a vazar.

— Me dê licença, por favor, eu preciso passar.

Talvez eu tenha percebido esse imbróglio um tanto tarde, e talvez por isso mesmo tenha saído de maneira tão dramática. Eu sabia do inferno, mas, que idiota. Achava que iria me dar bem. Alguma coisa tinha mudado: eram rostos tortos, disformes e agressivos. Um aluno pisou no meu pé, de propósito, mas não mudei.

— Me dê licença, por favor, eu preciso passar.

73.

"Como pode alguém dizer que o Universo não é inteligente? Como pode alguém dizer que o Universo não tem consciência de si mesmo? Como pode alguém dizer tal impropério? Um sujeito que é capaz de dizer tal imbecilidade deve ser mesmo uma bactéria, só pode ser" — eu descia a Alameda Campinas. No final, na esquina do outro lado, esse maluco escrevia suas inutilidades.

Colocava suas placas em cada poste e depois ficava deitado na grama. Três por cada poste. Eram onze postes. Havia outras, portanto:

"Somos parte do Universo. Como alguém pode dizer que não existe Deus? Deus sou eu e você, Deus está no grito das pedras e no suor das flores."

Costumava vestir-se bem, boas calças, seus sapatos eram novos. Por cima da camisa usava uma espécie de sobretudo marrom. Na cabeça, um chapéu verde com manchas brancas. Seria um chapéu elegante, não fossem as cores. Coisa de artista.

"Deus nasce e morre todos os dias, em todos os momentos. Deus é o salvador e o assassino, e a cada partícula de tempo ele se descobre para mim e para você. E para ele mesmo. Criadores de sentido, é o que somos."

Era negro, tinha uma barba de pelo menos 30 anos. Entre um veículo e outro, preso no congestionamento, pedia suas esmolas. Algumas pessoas paravam para ler, mas ninguém tinha muito tempo. Eu tinha que ir para a imobiliária. As placas estavam voltadas na direção contrária ao percurso que eu fazia, então só consegui ler algumas. Problemas com meu pescoço. Tinha uma caída no chão:

"Somos pipocos infinitesimais de consciência, encruados de Deus."

Três por cada poste. Eram onze postes. O cara era bem velho, por sinal.

74.

O emprego como corretor de imóveis proporcionava bons rendimentos se você vendesse pelo menos um imóvel. Eu era o mais empolgado; como era novo nessa velha prática, ainda estava aprendendo. Pensava nos alunos:

— Vamos botar pra quebrar, pessoal!

Eu não era muito bom nesse negócio. Mas não reclamava; pelo menos se um dos clientes não estivesse interessado em algum bem que eu pudesse lhe oferecer, não seria obrigado a aturá-lo o ano inteiro. Nem ele a mim.

Ia para o escritório numa bicicleta que tinha pegado emprestado de um noínha viciado em crack. Ele queria vendê-la, eu não tinha dinheiro; mas precisava da bicicleta. Dei a ele uma pedra e ele aceitou. Antes, o médico fora atencioso:

— Cálcio, ácido úrico e outras substâncias que formam cristais na urina. É sua, Sr. Sandro.

— Ah, obrigado, doutor!

Foi uma boa operação.

75.

Quem disse que coelho é um bicho dócil e simpático? Aqueles não eram.

Eu tentava me disfarçar, mas não convencia sequer a mim mesmo. As corretoras, na maior parte, eram tão lindas quanto qualquer coelhinha da *playboy*, e embora tivessem menos filhotes, esforçavam-se tanto quanto. As mais bonitas ficavam com os gerentes ou os diretores, todos com seus belos ternos e rostos de gabardine, ou de fio oitenta.

— Não tem esse negócio de ficar ligando para os clientes. Comigo não funciona. Prefiro ficar no plantão e deixar que os clientes se aproximem — disse Janete.

A galinha não tinha filhos. Era só abrir as pernas, para ela era fácil.

— Mas acho que dá pra seguir um *script* de abordagem, uma fórmula que aumente as minhas chances. Não dá? — perguntei.

Janete era minha supervisora no estágio. Vinte anos mais nova do que eu, estava há três no ramo de corretagem de imóveis. Tinhas olhos azuis, muito marcantes, e uma bunda...

Três apostilas mais dez provas. Some a isso cento e vinte e oito horas de estágio e você estará pronto para vender sua própria mãe. Aqueles animais se comiam vivos.

Apenas dinheiro e poder local. Bastava.

— Você quer que eu te chame o Carlos? Ele tem mais jeito do que eu pra isso, vender um produto pelo telefone.

Carlos era tolerado pelos demais coelhos. Mas era um veado. Por telefone:

— Boa-noite, eu gostaria de falar com o Sr. Henrique? É o senhor *mesmo*? Sr. Henrique, meu nome é Carlos e sou da Leporídeos da Fonte Seca. O que eu tenho pra falar com o senhor é rápido, serei breve — com isso ele colocava o pé na porta do cliente. — Um amigo do senhor o indicou como um investidor interessado em imóveis na região do Morumbi, a região com maior potencial de valorização imobiliária da zona sul. Para o senhor ter uma ideia, o metro quadrado no Panamby valorizou mais de 100% nos últimos quatro anos. E como consultor de negócios...

Depois vinha a história da explosão de preços no mercado imobiliário brasileiro. Carlos não estava mentindo. Um sujeito com grana para investir, e que em 2010 não tivesse investido em imóveis, era na certa um panaca, ou seja: um herdeiro. Eu, naquele ano, não tinha investido um centavo em mais nada que não fosse trabalho. O que eu tinha de reservas monetárias só dava para comprar alguns palmos no cemitério da Vila Formosa.

Quando o peixe perguntava o nome do "tal amigo", Carlos dizia que não chegava até ele por conta do sigilo de mercado. Era só o que o cliente queria ouvir, só mais uma das iscas. É claro que o tal amigo não existia.

Tinha um bom *mailing* de clientes. Não sei se era o lugar ou se era a *dança do chifre do veado*, mas, no final do mês, Carlos conseguia se dar bem. Cogitado para supervisor de vendas, era invejado por vários dos outros colegas.

Uma boa parcela dos clientes com os quais Carlos fechava negócio era de gays — cada um com as suas armas, que, afinal, eram as mesmas: Carlos tinha mais classe ao dar seus saltos; Janete tinha belos olhos azuis, e algo mais no meio das pernas. Janete e Carlos chegariam a supervisores, ou, quem sabe, gerentes.

76.

A língua americana é o *rock'n'roll*, que é o que eles pensam que somos, e como nos tratam. Já os velhos europeus falam a música clássica, parecendo esnobes e sem jeito para o requebrado, mas isso somente para aqueles que nunca ouviram o canto do pássaro de fogo.

— Tu estás é a levar água no bico, eu é que sei que tu não vales um pingo — ela disse.

Eu já não apreciava mais o rock. Há muito já tinha idade e sofrimento suficientes para sofrer e envelhecer por conta própria.

— Mas que isso, Maria, eu só tô é querendo tirar essa sua cuequinha. Aproveita que cê tá aí, perto do café, e me dá uma bica — eu disse.

Vender o imóvel eu não vendi, não me sentia muito bem com o ar-condicionado dos becos escuros do mercado imobiliário.

— Que bica o inferno, que tu estás é talharoco! Eu vou é te dar uma pica, que se tu não baixares tua febre, tu vais é esticar o pernil.

Maria era enfermeira. A economia portuguesa não ia nada bem, resolveu parar de chorar e tentar a vida no Brasil.

— Mas é só um calorzinho, cê só fala assim porque eu não gosto de usar durex, prefiro ficar no pegamasso — eu me justificava.

Segundo Maria, ser enfermeira era uma atividade insalubre. Então resolveu que o melhor negócio seria enfiar a injeção no bolso dos desempregados.

— Se tu estivesses em Portugal, um vagabundo como tu, jamais entrarias numa agência de emprego.

Abriu uma agência de empregos. Até que ela estava indo bem. Tinha tino comercial, juntou uma boa grana. Agora voltava para Portugal. Mulher porca, não negava o ócio, era rica e tinha muitos funcionários. Emprestar o que não se tem a quem não tem como pagar era um ótimo negócio.

— Tu não te passas de um boi, pensas que vives à grande e à francesa — ela me xingava.

O que eu tinha era uma casinha de cachorro que o corretor chamava de apartamento. Já estava com três meses de aluguel atrasado, mas nunca deixei de pagar o condomínio. Não queria problemas com os funcionários, poderiam achar que o atraso no pagamento de seus salários fosse culpa minha.

O Brasil já era a sétima potência mundial. A língua portuguesa já não era mais o fado, no Brasil era samba, pagode, sertanejo. Entre os jovens, a língua era ainda mais fluida — antes rap, agora proibidão. Eu preferia a Europa.

— Cê poderia me levar contigo pra Portugal — eu disse.

Não tinha nada a perder, eu sequer tinha um automóvel. Maria, por sua vez, além desse duplex tinha uma BMW e outros dois importados.

— Unta o carro, andam os bois — vivia repetindo.
Todos blindados. Ela era da família Lobo.

77.

Além da violência, centenas de vezes maior do que a das estatísticas, havia o trânsito. Bastava cair uma tampinha no chão e a cidade travava. Outro problema de proporções oceânicas eram as chuvas. Desse alguém uma cuspida no chão, e a cidade inundava, com apenas um rio.

Nesse dia, em especial, chovia a cântaros, que se quebravam do lado de fora do estande de vendas de um futuro conjunto de apartamentos.

Esforcei-me, com inúmeros benefícios extras ao potencial cliente. Era meu diferencial competitivo

— Veja, seu Hamilton, seu apartamento duplex está a apenas 10 km do clube Pinheiros, e a tremendos mil metros da favela de Heliópolis. Longe, não?

Estavam atrasados. Magros ou não, os ricos não suportam o próprio peso, é por isso que vivem dentro de academias. Sei lá qual era o nome da desculpa: uma nova onda de exercícios aeróbicos. Eu não frequentava academias, para mim não era uma questão de peso, mas de valores.

Despediram-se rapidamente. Pegaram meu cartão de corretor e prometeram ligar. Nunca mais. Acho que exagerei nos adjetivos, pois em seguida saíram do estande.

78.

Havia uma intensidade boa em tudo.

De madrugada, o trabalho era duro: *da míu pas galinha i recuiê us ovu*. Antes das seis da manhã eu ia cuidar da horta, adubar o terreno e regar as plantas. Também ia recolher o leite da Cristiane, a única vaca da propriedade — homenagem a uma professora de educação física com quem eu havia tido a honra de trabalhar.

Aquele sítio em Marsilac, no vale do Rio Capivari, era mesmo isolado. O japonês também.

— Seu Osamu, aqui nessa região tem onça?

— ...

Assim como ele, eram todas japonesas de origem, a esposa e as duas filhas. Ele bem que tentou evitar, mas o Nippon Maru as trouxe consigo. Agora, a mais velha, Lámen, contava com cinquenta anos e não era casada. A mais nova, Sobá, tinha quarenta e um.

79.

Que bom que eu tive que acordar às três e meia da manhã para carregar essa caminhonete, uma ruralzinha que mandou bem naquele atoleiro. Tinha que ir até a cidade, até o Ceagesp. Não sabia direito o caminho, e acabei parando no Corredor da Avenida Santo Amaro. Depois não consegui sair mais, estava tudo parado.

A velhinha foi pega pela armadilha dos dois faróis: um no meio da avenida, que dava acesso ao corredor de ônibus, e um segundo, na outra extremidade. Muitos não sabiam de sua existência. Era preciso ser rápido e atento. O fator idade já não dava mais a devida atenção a nenhum deles.

O ônibus acertou no lado direito da cabeça. Provavelmente era sangue arterial. Foi o que achei, já que me pareceu bem claro. Fiquei preso na avenida que dava acesso ao parque. Da caminhonete, tinha uma boa visão de tudo. Não foi possível ver o tamanho do buraco, já que ela estava deitada sobre ele. O motorista e o cobrador conversavam com o policial. Reconheci o motorista:

— Fala, Luciano, como estão os pontos na cabeça?

Ele não me reconheceu. Bom sinal, já fazia muitos anos.

O crânio tremia levemente, como se já previsse, espasmodicamente, o frio que sentiria alguns minutos mais tarde. Aquela carcaça não parecia ter levado uma vida muito corajosa — sem casa, sem netos, sem conforto, sem conversa fiada com as (velhas) amigas, sem luz elétrica, sem bolos nem cafés matinais. Sem conselhos, juízos, lugares-comuns. Sem padre, sem pastor, sem Deus: morreu num ponto de ônibus sem mentiras, dando um ponto final a tudo isso.

80.

— O cara é louco? Não! O cara foi taxado de louco. Hoje é muito pior do que na época dele. Vivemos no século das minorias. Vivemos no século da mediocridade. Você, por idiotice, é capaz de achar que Arquimedes ou Sócrates ou Aristóteles ou Platão, qualquer um daqueles gregos, escaparia impunemente. Pois é, meu caro Newton, para que uma pessoa seja perfeita, ela deve ter defeitos: somente o "louco" iluminado irá girar a Roda de Samsara. Vai ser taxado de psicopata, de maníaco escritor lunático, bicha louca, cientista maconheiro, visionário. Ou de nerd. É assim que a coisa funciona, vai comprar briga com todo mundo, principalmente consigo mesmo.

81.

Isso sim era o que eu chamaria de solidão — sem rádio, sem televisão, sem jornal, sem gente. Eu ficava isolado naquela casinha.

Um cara que nasce na cidade tem dificuldades para se adaptar à vida do interior. Eu tinha medo de cobras, de aranhas — todas me pareciam venenosas —, tinha medo de morcegos. Tinha medo até dos gambás, acho que eles também tinham medo, por isso vinham todos se esconder no meu cafofo.

Além do mais, eu não tinha banheiro. De dia, costumava usar qualquer moita mais escondida no meio do mato. À noite, tinha o meu próprio penico, nunca usava a mata. Levei alguns dias para me acostumar.

Então comecei a falar sozinho, inventando diálogos com a solidão. A cidade grande era uma paródia de uma peça de teatro que, no início, até fez sucesso, mas depois caiu, não por causa da transitoriedade de seus atores, mas por suas mediocridades. O teatro dos zeros.

Comecei a gostar da casa.

82.

O velho quase não falava português. O velho quase não falava. A velha estava sempre calada. Lámen, bom, quanto a essa é melhor evitar qualquer comentário. Para ela eu devia ser alguma espécie de bicho ainda não conhecido, não catalogado.

Sobá gostava de música: "Vamu foliá, vamu foliá / Vamos foliá no porta-pinto da Maria / Vamu foliá, vamu foliá..." Tinha especial interesse por forró, mas não sabia direito do que as letras diziam:

— Empregado explica, né.

Eu não sabia dançar forró, então explicava.

83.

Os japoneses criaram um tipo de molho, e depois fizeram com que todos os demais ingredientes se adaptassem a ele. Já a cozinha ocidental, age de modo contrário: os molhos é que se adaptam aos ingredientes do prato.

Eu cantava pra Sobá: "Sobá, minha anã japaguaia / Sobá, minha anã / Ding-Ding-Dim / Sobá, minha anã... "

— É assim, né. Você pega o açúca e coloca na panela, né. Depois você coloca a banana na panela, né. Coloca o clavo e mexe. Lava bem o caqui, tila a tampinha dele, né. Se quisé, podisquentá um poko e tilá a pelinha dele, fica ao gosto de fleguês, né...

— Amor, isso se come com cerveja?

— Corta em duas metades, né. E tila uma pati da polpa cum a faca, né...

— Vai azeitona? — perguntei da sala, enquanto colocava a mesa.

— Coloca em cima do palato, né. Palato de sopa & mesa. Coloca o doce de banana em cima de cada pedaço, em cima de cada bulaco, né...

— Pra que serve essa calda de chocolate, amor?

— Pala finalizá *la maquerelle, pouvez, si vous le souhaitez, passer une chaîne de sirop au chocolat. Né.*

84.

Frio céu
Improviso uma flor:
Origami.

Harley Meirelles

A família Nakagawa não estava totalmente isolada. Um vizinho também plantava banana, mamão, verduras, legumes e arroz. Eu ainda tinha muito o que aprender sobre a vida no campo.

Eu não sabia, mas nas regiões de charco dava até para plantar arroz. Cada um absorve aquilo que vê de melhor para si numa cultura: seu Shibuya e meu sogro sorviam quase toda a plantação de saquê.

85.

O casamento é uma operação de castração. Sobá era implacável, mas não admitia. Não era tão confiante; para ela, aquela aliança não servia de coleira.

Eu, agora longe o suficiente do inferno da sala de aula, tocava a minha vida. Preso, mas não por um salário ridículo ou por qualquer ingenuidade. Estranhamente, ao lado daquela japonesa gorda e baixinha, não me sentia morto: era uma constatação médica, provocada pelo sufocamento do vil metal dourado no anelar esquerdo.

I

Marcelo ficou feliz quando sua mãe lhe disse que ele e seu irmão iriam visitar os primos, no sítio que o tio deles tinha no interior. Ficou feliz e confuso ao mesmo tempo. Feliz porque sua mãe ao lhe dar a noticia demonstrava felicidade, mas o que era um sítio? *— perguntou a si mesmo. Marcelo não sabia. Do jeito que sua mãe lhe falou, pareceu a Marcelo que sítio era um lugar,* um lugar que ficava em algum lugar *— pensou. Além disso, o que são primos? Marcelo também não sabia o que eram primos. Tio, Marcelo sabia o que era: um homem velho em que ele podia confiar, como o tio da perua. Alguns tios eram beem velhos,* como o da cantina da escolinha *— observou para si mesmo.*

A mãe de Marcelo estava correndo de um lado para outro, fazia muitas coisas ao mesmo tempo. Naquele momento, pareceu a Marcelo que sua mãe estava tentando colocar todas as roupas nas malas, todas as roupas dele, todas as dela, e todas as do seu irmão. Marcelo quis perguntar à sua mãe o que era "sítio" e o que eram "primos", mas no momento em que abriu a boca o telefone tocou. O telefone ficava na sala. A mãe de Marcelo saiu apressada do quarto para atendê-lo. Marcelo viu quando sua mãe quase caiu ao tropeçar numa caixa que estava no chão. Depois, olhou para as malas, elas chamaram sua atenção. Já tinham chamado antes. Talvez quisessem que ele visse algo, talvez só quisessem lhe mostrar algo que só elas tinham, ou sabiam.

As malas ficavam guardadas na parte de cima do guarda-roupa, "um lugar perigoso", dizia sua mãe. A mãe de Marcelo o proibia de escalar o guarda-roupa; mesmo assim ele já tinha tentado, mais de uma vez. Isso o angustiava, não gostava quando a desobedecia. As malas ficavam no alto, e do fundo da montanha, por maior que fosse seu esforço, Marcelo não as alcançava. Mas agora, que elas estavam em cima da cama, sentiu uma enorme curiosidade em saber do que eram feitas, o que tinham por dentro, quais eram seus segredos intocáveis. Não estavam no "lugar perigoso" agora, Marcelo poderia tocá-las, iria saber agora o que as malas tanto queriam.

II

No caminho, de repente se deu conta de que já não havia tantas casas e prédios. Pareceu-lhe que primeiro sumiram os prédios, agora só havia casas, e eram poucas. Só havia parques. Que nem o Ibirapuera — *pensou. O ônibus em que viajava era muito diferente dos que conhecia, muito melhor. Era um ônibus grande, os bancos eram mais bonitos e confortáveis. "Parecem os sofás de casa", disse para sua mãe. Ela não respondeu. Estava dormindo. Ele, Marcelo, não ia dormir: tudo era diferente, tudo era novo. Pela janela do ônibus, viu um bicho estranho e o reconheceu. Tinha uma foto no livro da escolinha, sua professora lhe havia ensinado o nome daquele bicho. "Mãe, mãe, uma vaca! Mãe, acorda! Tem uma vaca na janela!" — gritou, acordando todos que estavam dormindo. Sua mãe o censurou. Outros bichos apareceram, bichos, inclusive, que ele não conhecia. Queria vê-los todos. Não tirou mais os olhos da janela. Enquanto isso, o ônibus viajava. O ônibus ia, ia e ia...*

III

O lugar chamado sítio ficava muito longe do lugar onde Marcelo morava. A casa desse novo tio ficava no alto de uma colina. Achou a casa enorme, o quintal era enorme. Para Marcelo, o sítio todo era um quintal.

Era a primeira vez que visitava esse tio. Marcelo passou a achar pequena a casa em que morava. O quintal era pequeno, ele podia enxergar o céu, mas havia muros altos de um lado e do outro e, nos fundos, a parede do vizinho também era muito alta. Marcelo olhava para o céu e só enxergava uma pequena parte dele. Sua mãe não o deixava brincar nas ruas à noite. Quando queria observar o céu noturno, fazia isso de seu quintal. Marcelo gostava de olhar para o céu à noite. "É muito mais interessante do que o céu do dia", dizia para sua mãe. Nessa noite, na casa do tio, o céu estava claro, era uma noite com estrelas. Havia muitas, muitas estrelas, mais do que ele podia contar. Nunca na sua vida vira um céu com tantas estrelas. Como pode? Por que esse céu é melhor? — perguntava-se.

IV

Havia noites escuras, noites em que você não enxergava estrelas, muito menos nuvens. Marcelo sabia disso. Em algumas noites, noites chatas, o céu era escuro, Marcelo não enxergava o céu noturno, nem quando tentava. Nessas noites, o céu não existia, só existia a escuridão. Eram noites sem vida, noites mortas, cadáveres de noites claras que um dia tiveram vida, e que, para piorar, ao morrer se transformaram em noites zumbis, que vinham se arrastando desde longe, de muito longe, somente para fazê-lo mijar nas calças de tanto medo, como nos filmes de terror que sua mãe o proibia de assistir. "Foi o Dárcio que trouxe esse filme da escola, mãe!"

Dárcio era seu irmão mais velho. Algumas vezes, trazia consigo da escola alguns filmes emprestados dos colegas. "Da turma", explicava Dárcio à mãe. "Pode assistir, é um filme de super-herói; o cara tem um monte de poderes e os monstros não têm a menor chance", dizia Dárcio, tentando enganá-lo novamente.

A mãe de Marcelo o prevenira contra seu irmão: ele só o chamava porque tinha medo de assisti-los sozinho. Só aparecia com esses filmes quando a mãe se encontrava fora de casa, no trabalho, o que equivalia dizer, o dia todo. Quando a mãe chegava, ele e seu irmão a ajudavam a preparar a janta. As refeições sempre eram agradáveis, a mãe conversava com ele. Conversava com seu irmão também, mas isso não tinha muita importância. O importante era estava ali, ao lado dele, Marcelo.

Uma vez, na mesa do jantar, Marcelo perguntou à sua mãe como era o céu. Sua mãe, então, lhe disse que no céu "tudo era infinito", e que Deus só deixaria irem morar no céu as pessoas boas, as que só praticassem boas ações. Isso deixou Marcelo preocupado com seu irmão mais velho: nem sempre ele praticava boas ações. Ele, Marcelo, também nem sempre, o que o deixou aflito. Às vezes, Marcelo e seu irmão deixavam sua mãe nervosa, fosse porque tinham brigado, ou deixado de fazer alguma tarefa que ela lhes havia confiado, como lavar a louça do almoço, por exemplo, ou levar o lixo para fora. Às vezes ela ficava nervosa porque eles não haviam feito tarefa alguma.

Era o irmão quem convencia Marcelo a não realizar as tarefas combinadas com sua mãe. "A gente faz mais tarde", dizia. O mais tarde era quando a mãe chegava do serviço. Quando via a casa bagunçada, ficava nervosa e os colocava de castigo, que era sempre ajudá-la n as tarefas que eles não haviam feito durante o dia. Para Marcelo, era um castigo bom, pois gostava de fazer coisas junto com sua mãe. Achava que seu irmão também gostava de ficar de castigo. Marcelo e seu irmão sabiam que sua mãe sabia disso. Desconfiavam, pelo menos.

Quando Marcelo perguntou à sua mãe se no céu havia cemitérios, ela sorriu; disse que não, que no céu "as pessoas viviam para sempre", e que por isso lá não existiam cemitérios. Marcelo não tinha medo, sabia que não ficaria sozinho. Sua mãe uma vez lhe dissera — e a seu irmão — que "ela sempre estaria com eles, a vida toda. Que nunca os abandonaria". Marcelo sabia que quando a mãe fosse para o céu, ela os levaria. Sua mãe sempre praticava boas ações.

De vez em quando ela vinha do trabalho com algum filme que comprava do camelô da rua de baixo. Eram estórias de peixinho perdido ou do leão amigo da zebra, querendo fugir do zoológico. Assistiam os três juntos. Normalmente, ela adormecia antes do filme terminar, mas Marcelo nunca dormia, assistia-os até o fim. Eram noites de céu noturno claro, que iam embora cedo. Mesmo assim, ele não as via partir: sua mãe o mandava dormir e Marcelo obedecia. Quando acordava, o Sr. Dia já havia chegado e trocado de lugar com ela, a Dona Noite.

Isso deixava Marcelo com dúvidas, sabia que o céu, provavelmente, não era uma casa. Numa casa moram muitas pessoas, só na dele eram três. Na casa do Adriano eram muitas mais. Marcelo pensou em quantas pessoas moravam lá, todas juntas, mas nem sempre. Ele, a mãe e o irmão costumavam ficar juntos à noite, dormiam no mesmo quarto. Sua casa só tinha um quarto, e pra falar a verdade, era muito melhor assim: mesmo nas noites de céu noturno escuro não pareciam tão escuras assim. No céu, isso não acontecia. O Sr. Dia nunca o dividia com a dona Noite.

A mãe de Marcelo o havia ensinado que no Japão "tinha mais japoneses do que na Liberdade". "E quando é dia aqui no Brasil, é noite lá no Japão", ela afirmava. "Igual ao seu emprego, mãe: a senhora sai quando termina o dia, a outra pessoa quando termina a noite". "Ah, não é a casa deles, é o emprego", concluía Marcelo, pensando no Sr. Dia e na Dona Noite.

V

Marcelo orava ao Papai-do-céu todas as noites. Oravam juntos: ele, sua mãe e seu irmão. Sua mãe na maioria das vezes orava pelos três. Sempre agradecia por tudo o que o Papai-do-céu havia dado, mas também pedia algumas coisas que estavam faltando. Sempre pedia coisas boas e necessárias, ao contrário de seu irmão. Às vezes, por ordem de sua mãe, era Dárcio quem orava por todos. Dárcio sempre pedia coisas bobas: bicicleta, videogame, tênis caro, relógio etc. Eram coisas que sua mãe não podia comprar. Além do mais, eram realmente desnecessárias, mas, se algum dia o Papai-do-céu achasse que algum daqueles pedidos idiotas do seu irmão fosse justo, ele, Marcelo, também queria receber.

Quando todos estavam deitados e quando (Marcelo supunha) seu irmão e sua mãe estavam dormindo, Marcelo continuava conversando com Papai-do-céu, sobretudo nas noites de céu noturno claro. Em pensamento, pedia a Deus que desse a elas "muito, muito tempo de vida", o máximo que elas pudessem viver. Marcelo não queria vê-las se transformarem em noites zumbis, noites de céu noturno escuro, quando ele balbuciava alguma coisa para Deus em silêncio e tratava de adormecer rapidamente.

Algumas vezes, e sempre nas noites claras, depois de silenciosamente conversar com Papai-do-céu, Marcelo se lembrava de seu pai. Seu pai era o homem que aparecia nas fotos que sua mãe lhe mostrava todas as semanas. As lembranças que Marcelo tinha dele eram como aquelas fotos: não eram suas. Não havia sido ele quem as tirara. Ele as via, e as imaginava. Podia até mesmo tocá-las, as sonhava. Mas suas, não eram. Eram lembranças da mãe, e até mesmo do irmão. Uma vez Marcelo quis falar com o irmão sobre o pai que um dia ele teve. Eles tiveram. O irmão ficou nervoso, mandou que ele se calasse e, antes que Marcelo perguntasse o motivo, começou inesperadamente a chorar. Saiu de casa e o deixou sozinho, o que era proibido.

Dárcio deixou seu irmão de cinco anos sozinho em casa, coisa que a mãe, inúmeras, repetidas vezes, o advertira para jamais fazer, qualquer que fosse o motivo. Naquele dia, quando a mãe chegou em casa, percebeu algo. Depois perguntou a Marcelo se havia alguma coisa de errado, se Dárcio o havia maltratado. "Não mãe, o Dárcio não fez nada", respondeu.

VI

O cemitério era um lugar estranho: não podia correr, não podia pular nem brincar de esconde-esconde atrás das pedras. Na frente, então, era ainda pior. Marcelo se lembrou de que a mãe havia dito que seu pai estava enterrado ali. "Deus levou o papai para o céu", sua mãe disse uma vez, quando ele perguntou o motivo.

Deus? Quem era Deus? Deus era o Papai-do-céu, papai de sua mãe, de seu irmão Dárcio e dele mesmo, Marcelo. E de seu pai, que Ele havia levado pro céu. Deus era também o papai do Sr. Dia e da dona Noite.

Uma vez, Marcelo estava junto com sua mãe assistindo televisão, "um programa que tinha gente no lugar de desenho". Havia um apresentador fazendo perguntas para uma mulher e "também um monte de gente em volta, assistindo dentro da televisão". A mulher respondia. No final, acertou a última pergunta e ganhou um monte de dinheiro. Havia ganhado "um milhão de reais".

"*O que é um milhão de reais, mãe?*", perguntou Marcelo.

"*Um milhão de reais, filho, é dinheiro pra se tomar muito cuidado.*"

"*Quanto, mãe?*"

"*Mais do que qualquer um pode contar*", ela respondeu.

Como as estrelas do céu — *pensou Marcelo.*

Deus? Quem era Deus? *Deus é o céu noturno que se quebrou em um milhão de pedaços. Eu e meu irmão somos pedacinhos desse céu, só que sou um pedacinho de um pouco mais clarinho do que ele. Minha mãe é o pedacinho mais brilhante do céu, uma estrela cadente que Deus mandou para nos dar vida. Na escola aprendi uma vez que um cometa é um astro celeste que vem, deixa um rastro de luz e vai embora. "Alguns cometas, como o Halley, por exemplo, um dia voltam" disse uma vez minha professora do prézinho. Meu pai? Foi um cometa que veio, deixou sua luz e foi embora. Por quê? Porque o Papai-do-céu... Porque Deus assim quis. Talvez um dia ele volte e eu consiga vê-lo novamente*".

86.

Abuso. Bichice. Loucura. *O conto*. Não! Perguntas. Sem respostas! Por que nasci numa maternidade para mães solteiras? Por que meu pai levou um mês para me registrar, e abandonou meu irmão mais velho? Me abandonou?

Amparo Maternal. Eles, quem sabe, poderiam me fornecer algumas respostas. Quem sabe escondidas num passado ainda mais remoto. Quem sabe minha mãe... Depois, quem sabe, eu poderia esfregá-las na cara do destino.

Resolvi voltar para a maternidade.

87.

A dor não mente. Sobá era forte. A cada nova facada ela me olhava e sorria com os olhos enquanto suas lágrimas desciam. O senhor Osamu estava presente. Eu o admirava, ele tinha a milenar sabedoria daqueles que sempre lutaram, dos sabiam como resolver seus piores conflitos da melhor maneira, da única maneira: silenciosamente. Amava sua esposa e filhas, era isso o que importava. Tentei fugir na hora do trabalho de parto, mas não consegui, ele não deixou.

Foi um parto difícil. Atesaki já nasceu dando coices. Não é fácil vir a este mundo, muito menos viver. Eu não sabia o que fazer.

Quinta, 14/02/2004, cartório de registro civil de Parelheiros, embora tenha nascido às 19h00. Eu era amigo da oficial do cartório. Pensei em chamar meu pequeno garanhão de Amor, numa outra língua, claro, não queria parecer brega ou banal. Pensei no japonês, mas Ai poderia parecer meio gay, talvez ele não gostasse.

88.

O garanhãozinho só obedecia à dona. Sobá não morreu. Tinha quadris largos. Perdeu muito sangue e a recuperação foi lenta. Era uma baixinha invocada e chata, e não me deixava sair do sítio. Quisesse eu sair do sítio sem a autorização *expressa* de Sobá, e pronto:

— Atesaki, cadê meus documentos?

— A mãe disse que é para o senhor ficar em casa.

— Ela é a sua mãe, mas *eu sou seu pai*! Cadê minha carteira?

— O senhor é meu pai, mas ela é minha mãe! Os documentos estão escondidos até o senhor desistir da ideia de chifrar a minha mãe. — Quem teria ensinado esse linguajar pra ele?!

Atesaki sempre foi honesto. Não fingia nada. Puxou a mãe. Entre o sumiço e o reaparecimento de meias e cuecas novas, documentos, e tudo que ele achasse que eu iria precisar caso fosse sair de casa sem avisar, levou um bom par de anos para Atesaki se convencer de que eu havia, há muito, desistido de sair daquela cela, digo, sítio.

A escola ficava a quatro quilômetros de distância. Era administrada por uma associação de japoneses imigrantes. Fazíamos o caminho a pé, nada de ônibus. Sobá bem que tentou, mas não havia no mundo perdão suficiente que coubesse em Atesaki. Discussões? Brigar com Sobá? Agora entendi por que os juízes sempre dão a guarda das crianças para as *mães*. Não é culpa delas.

Mesmo depois da morte do meu sogro dez anos depois, por derrame, aos novente e sete anos, não tive qualquer chance de encostar o dedo em outra mulher.

Eu só queria me divertir um pouco. Atesaki também.

89.

Nossas relações são formadas por finos laços tortos. Depois que acabam, por fortes nós de rancor. O número de divórcios supera o de casamentos, o número de solteiros supera o de casados, a pílula, a tecnologia... tudo nos mostra nossa verdadeira face. Lámen tinha umas manias loucas. Uma delas era fazer tudo quanto era chá. Fez amizade com uma índia velha, que mais parecia um cadáver insepulto. A índia sabia muita coisa sobre plantas medicinais, e Lámen, agora, queria que experimentássemos as poções: Atesaki? Nem pensar, era muito novo; Sobá tinha que cuidar da casa; o velho e a velha eram velhos demais. Sobrava para a cobaia aqui. Ela costumava colocar um pouco de mel silvestre em quase todas elas, dizia que era bom para a chama. *A chama do quê, caralho*?!

Talvez a chama do rabo dela estivesse muita acesa. Aqueles chás só serviam para afogar ainda mais o meu pavio.

— Você experimenta esse aqui, né?

O "né" dela era mais pronunciado do que o de Sobá. Era mais velha, havia vivido mais anos no Japão.

— Lámen, pra que serve esse chá? — eu perguntava.

— É um chá pra tudo. Pra resolver tudo. Né? — ela perguntava de volta, e ela mesma respondia.

— O último chá desse mato aí, que eu tomei, também era... e me deu uma baita caganeira.

— Vai tomando aí, vai tomando aí que vai te fazer bem.

— Faz uma semana que eu não tenho problema nenhum. E faz quinze dias que eu não tomo seus chás!

Era inútil fugir. Com o hospital distante, o negócio era improvisar nossa própria farmácia. Os índios guaranis, da reserva indígena que ficava a cinco quilômetros, eram nossos guias: óleo de copaíba para as contusões, dores musculares e artrite; unha-de-gato para as inflamações; sete-sangrias para baixar a pressão etc. A índia tinha ouvido falar num tal kambô e comentou com Lámen. Não sei do que se tratava, mas Lámen foi em direção ao rio e voltou com um saco cheio de sapos.

O problema é que Lámen era uma mistura infeliz de alquimista com curandeira: gostava de incrementar as fórmulas. A índia velha, que jamais tomou qualquer uma delas, também tinha os olhos puxados. Quando eu tomava uma daquelas bruxarias, ficavam mais abertos.

90.

Era um domingo. Tínhamos resolvido ir de ônibus até o centro da cidade, passear e comprar roupas. Eu já estava acostumado com a vida de jeca, não queria comprar roupa alguma nem tomar banho. Desacostumei-me da vida no inferno. Findos o passeio e as compras, estávamos no ponto de ônibus para voltar para casa.

91.

Para alguns condenados, a vida é dura; outros condenados tornam nossa pena ainda mais longa.

Não me surpreendi com as dificuldades encontradas pela polícia para concluir o inquérito, já que quem os atropelou era um desembargador de justiça. Tinha saído da casa de um amigo jornalista, réu confesso do assassinato da namorada.

Não tiveram tempo de sentir dor alguma. Voltaram juntos para casa, assim, sem mentiras, uma estrada rumo ao nada... Aquele desgraçado trafegava na faixa exclusiva para ônibus.

Eu não quis me vingar. Meu filho e minha esposa já não faziam mais parte deste mundo. Eu também não.

91.

Seguimos a tradição japonesa: foram cremados. A despedida foi seca. Era alta noite e ela não queria que eu partisse. Que os deuses me perdoem, mas acho que ela não tinha sabor nenhum, mesmo depois de um banho quente e algum tempero. Lámen era uma pessoa decente. A comunidade japonesa era muito unida e ela não ficaria desamparada. Novamente sozinho, nada fazia sentido. Sem Sobá e sem Atesaki, continuei caminhando. O céu estava fechado, era alta noite e eu mal enxergava meus próprios pés.

Esta obra foi composta em Minion 11/14.
Impressa com miolo em offset 75g e capa em cartão 250g,
por Createspace/ Amazon.